Rache Lieferung frei Haus
Thomas Eickhoff ermittelt.

Dieses Buch
widme ich meinen Kindern.
In all den Jahren waren wir eine
Einheit.
Danke euch

Alexandra Krebs
Rache Lieferung frei Haus
Thomas Eickhoff ermittelt

Bibliografische Information der Deutschen Nationalbibliothek:
Die Deutsche Nationalbibliothek verzeichnet diese Publikation in der Deutschen Nationalbibliografie; detaillierte bibliografische Daten sind im Internet über http://dnb.d-nb.de abrufbar.

© *2017 Alexandra Krebs*

Illustration: **Jasmin Whisky**
Lektorat und Korrektorat: **Roland Blümel**

Herstellung und Verlag: BoD – Books on Demand, Norderstedt

ISBN:9783740751333

Inhaltsverzeichnis

1. Kapitel..2
2. Kapitel..15
3. Kapitel..28
4. Kapitel..40
5. Kapitel..59
6. Kapitel..77
7. Kapitel..93
8. Kapitel..105
9. Kapitel..121
10. Kapitel..133
11. Kapitel..146
12. Kapitel..158
13. Kapitel..168
14. Kapitel..174
15. Kapitel..182
16. Kapitel..197
17. Kapitel..209
Nachwort..222

1. Kapitel

Noch nicht, bitte noch nicht! Das darf nicht sein, ich bin doch gerade erst ins Bett gegangen!
Aber mein Wecker ist gnadenlos. Halb blind versuche ich ihn auszustellen. Welcher Idiot hat eigentlich die Funktion erfunden, mit der diese Dinger immer lauter werden, je länger sie schrillen?
Endlich Ruhe. Am liebsten würde ich mich nochmal umdrehen und weiterschlafen. Aber die Pflicht ruft. Die gestrige Schicht ging zwar lang, weil mein Kollege und ich den Verdächtigen noch bis spät in den Abend verhört haben, doch es war erfolgreich. Nach gut drei Wochen Recherche und Vernehmungen konnten wir den Mehrfachmörder endlich dingfest machen.

Zwei Kinder hat das Schwein ermordet. Nun können wir den Eltern wenigstens mitteilen, dass es ein Ende hat. Auch wenn ich selbst keine Kinder habe, geht mir so ein Fall an die Nieren.

Wie schwer Beine sein können, war mir nicht bewusst. Mit Mühe schaffe ich es in die Küche, wo ich mir meinen Morgenkaffee aufsetze. Ehe der leckere Duft den Raum erfüllt, steige ich unter die Dusche.

Langsam merke ich, wie die Lebensgeister zurückkommen. Als ich meine Haare einseife, höre ich es an der Tür klingeln.

Seltsam, wer kann das sein? Es ist keine typische Zeit für den Postboten. Bestimmt ist es wieder meine Nachbarin Frau Ebert.

Die Frau wird mich noch den letzten Nerv kosten.

Komme ich nachts spät vom Dienst nach Hause, liegt am nächsten Tag gleich eine Beschwerde bei meinem Vermieter. Sie wird nie verstehen, dass ich im Schichtdienst arbeite.

Erst einmal ist es mir egal, ich werde mich wegen ihr nicht beeilen. Nach einer etwa dreißigminütigen Dusche verlasse ich langsam das erfrischende Nass. Glücklicherweise wurde nicht noch einmal geklingelt, so dass ich kein schlechtes Gewissen bekommen muss. Noch bevor ich mich mit dem Drachen auseinandersetze, schenke ich mir einen Kaffee ein und mache mir mein Brot zum Frühstück.

Schade, denke ich, als ich keine Ausrede mehr habe und mich der Konfrontation stellen muss. Ich will schließlich nicht, dass sie wieder dem Vermieter einen Brief schreibt und er sich wegen einer Lappalie herumärgert. Als ich aus der Haustür trete, stolpere ich über ein Paket. Es ist nicht groß, vielleicht wie ein Schuhkarton. Leicht feucht und zerknittert. Seltsam, ich habe doch gar nichts bestellt… Was kann das sein?

Bei genauerer Betrachtung sehe ich, dass gar keine Absender draufsteht, nur meine Adresse, und die wurde maschinell erstellt. Damit ich nicht weiter auffalle, nehme ich das Paket mit hinein. Vielleicht ein Geschenk von jemandem? Aber wer sollte mir einfach so etwas schenken? Ich lebe recht zurückgezogen. Klar, durch meine Arbeit als Polizist treffe ich viele Menschen, aber ich achte stets darauf, dass es professionell bleibt.

Da das Paket eiskalt ist und es sich sehr schmierig anfühlt, fast so, als wäre es absichtlich nass gemacht worden, suche ich mir in meinen Schubladen Einmalhandschuhe heraus. Bestimmt handelt es sich um einen üblen Scherz von meinen Kollegen. Ich werde sie umbringen. Ich weiß zwar nicht, wer von ihnen es wagen würde, aber gewitzelt, dass sie mich einfach abholen würden, um mich dann in eine Kneipe zu schleppen, haben sie schon oft. Ich traue ihnen auch so ein ekliges Paket zu.

Mit Handschuhen bewaffnet öffne ich das Paket. Mir kommt ein ekliger süßlicher Geruch entgegen. Sofort steigen Bilder von Tatorten auf. Der typische Leichengeruch. Ich scheine schon zu lange diesen Beruf auszuüben, da ich gleich daran denken muss.

Derjenige, der mir das Paket geschickt hat, hat es mit der Verpackung anscheinend besonders gut gemeint. Es besteht aus mehreren Kartons, die ineinandergesteckt wurden. Als ich die letzte Pappe freilege, sehe ich Eis, welches helle rote Spuren aufweist. Sorgsam teile ich die Eisschicht und erschrecke mich.

Mitten im Eis liegt ein weißlich-bläulicher Finger mit rosa Lack auf dem Nagel. Er ist ordentlich maniküert. Vorsichtig nehme ich ihn in die Hand. Das abgetrennte Ende ist faserig, die Haut hängt in Fetzen herunter. Dies ist mit Sicherheit kein Scherzartikel, und der Geruch ist keine Einbildung. Sofort lege ich den Finger wieder in das Paket, aber nicht ohne ihn nochmal leicht anzudrücken, um zu sehen, ob er echt ist. Der Knochen, der rausgequetscht wird, ist eindeutig echt. Man sieht sogar die kleinen Äderchen. Noch nie in meinem Leben habe ich ein einzelnes Leichenteil aus dieser Nähe gesehen. In mir steigt Übelkeit auf. Nur mühsam kann ich sie unterdrücken.

Geschockt gehe ich zum Telefon, um meine Kollegen anzurufen. Auch wenn mein Wohngebiet nicht zu unserem Einzugsgebiet gehört, möchte ich erst einmal nicht mehr Leute als nötig darüber informieren. Das Gerede, welches nicht ausbleiben wird bei einer solchen Sache, wird meiner Karriere ohnehin nicht guttun.

Während ich auf meine Kollegen warte, renne ich wie ein eingesperrter Löwe in meiner Wohnung auf und ab. Wer kann so etwas getan haben? Wessen Finger ist das? Ich vermute, der einer Frau, wobei ich ja hier in der Simon-von-Utrecht-Straße wohne. Mitten im Herzen des Hamburger Kiez mit all seinen Facetten. Da könnte es sich auch um einen Transsexuellen oder eine Dragqueen handeln. Aber es wird die Aufgabe der Rechtsmedizin sein, das herauszufinden.

Endlich klingelt es an der Tür. Noch nie habe ich dieses Geräusch so sehr herbeigesehnt wie heute. Als aber Maik, mein Kollege, reinkommt, wünsche ich mir doch, dass ich die andere Wache angerufen hätte. Ich habe noch nie jemanden aus dem Team bei mir gehabt. Es hätte mir klar sein müssen, dass es doofe Sprüche hageln würde.

„Na, so mitten am Tag eine Einweihungsfeier zu veranstalten, ist aber auch nicht gerade clever. Da können wir ja nicht mal ein Bier trinken."

Kevin aus der anderen Schicht muss sogar noch einen draufsetzen: „Du willst also die Feier auf Sparflamme halten. Wenn wir früher Bescheid gewusst hätten, wären wir ja gerne bereit gewesen noch etwas mitzubringen."

Knurrend unterbreche ich die beiden Spaßmacher.

„Ich habe euch beide angerufen, weil ich einen Finger vor meiner Tür gefunden habe, und nicht, weil ich mit euch Party machen möchte. Ich würde mich also freuen, wenn ihr euch meinem, beziehungsweise dem Problem der Dame, der der Finger gehörte, annehmen würdet."

Mein Tonfall scheint beide wieder zur Besinnung zu bringen.

„Dann zeig uns mal das Corpus Delicti. Ist bestimmt ein Scherzartikel von irgendwelchen Nachbarn oder Kindern. Ich habe dir immer gesagt, das ist keine Gegend zum Wohnen.

Ich weiß, du hast es damit nicht weit zur Party, aber leider ist diese auch gerne vor deiner Tür."

„Es ist kein Scherzartikel, außer, es gibt welche mit echtem Blut und Knochen. Sogar der typische süßliche Geruch des Todes hängt daran. Ich kenne noch kein Parfüm, das so riecht."

Beide werden sofort dienstlich. „Wir sollten die Spurensicherung dazu holen. Wenn du Recht hast, wird uns auch nichts anderes übrigbleiben, als das Dezernat für interne Ermittlungen einzuschalten. Das wird ein Höllenritt für dich."

Es hört sich schon fast so an, als würde Maik denken, dass ich der Übeltäter bin. Nicht das erste Mal habe ich mit der Internen zu tun. Ich weiß, es wird eine nervige Angelegenheit, auch wenn ich nichts zu befürchten habe.

„Kümmern wir uns erstmal um den Finger. Den Rest werde ich aushalten." Endlich widmen sich die beiden dem Paket. In der Zeit, in der ich auf sie gewartet habe, ist das Eis fast vollkommen geschmolzen.

Eine Wasserlache hat sich auf meinem Küchentisch gebildet.

Ein kurzer Blick von Kevin und ein bestätigendes Nicken veranlassen die beiden dazu, den Finger nicht weiter zu untersuchen, sondern, wie ich es vorgeschlagen habe, die Spurensicherung anzurufen.

„Weißt du, wer dir das Paket vor die Tür gelegt haben könnte? Oder wer die Frau ist? Wer könnte so verfeindet mit dir sein, dass du so ein Paket gesendet bekommst?"

Kevin beginnt mit meiner Befragung. Eigentlich bin ich ja dankbar, ich möchte diese Situation schnellstmöglich beendet sehen. Aber mir fällt niemand ein. Klar, ich habe mir keine Freunde gemacht. Ich vermute nicht, dass ein ehemaliger Verdächtiger oder gar einer, der aufgrund meiner Arbeit ins Gefängnis kam, damit beginnt, mir Leichenteile zu schicken. Bedrohungen, das kenne ich, aber so drastisch? Nein, da fällt mir niemand ein. Kevin scheint meine Gedankengänge zu ahnen.

„Ich glaube dir, dass du dir niemanden

vorstellen kannst, aber du musst da genau nachdenken. Hat dich jemand in der letzten Zeit bedroht? Oder hattest du einen Fall, der auf Indizien entschieden wurde? Alles könnte von Interesse sein."

„Kevin, wenn dem so wäre, wieso dann nur ich und nicht auch Maik? Wir arbeiten seit mittlerweile vier Jahren in einem Team. Mein ehemaliger Partner ist gestorben, also könnte es aus der Zeit sein. Aber wer würde nach so vielen Jahren noch etwas gegen mich unternehmen?"

„Jemand, der wütend auf dich ist. Da sollten wir am besten ansetzen."

Endlich werde ich befreit, denn Maik hat die Kollegen von der Spurensicherung reingelassen.

Ich werde gleich mit einem doofen Spruch begrüßt. Ich kann es nicht mehr ab. Ich sollte mir dringend einen anderen Job suchen.

„Mensch, Thomas, schön dich zu sehen. Was machst du nur für Sachen! Wir sehen dich echt gerne, aber doch nicht unter diesem Stern."

Der Kollege verstummt sofort, ich denke, mein Blick hat ihn eingeschüchtert.

Schweigend machen sie sich an die Arbeit. Der Kollege der mich gefoppt hatte schüttelt den Kopf:

„Thomas, es befinden sich nur außen auf dem Paket Fingerabdrücke. Wir gehen davon aus, dass du es angefasst hast, ehe du dir Handschuhe angezogen hast?"

„Ja. Du willst also sagen, dass derjenige so professionell ist und keine Abdrücke hinterlassen hat?"

„Außen und da, wo das Wasser sie nicht komplett aufgelöst haben kann, sind nur deine. Aber hundertprozentig können wir das natürlich erst sagen, wenn sie im Labor untersucht wurden. Wir werden den Finger nun einpacken und in die Rechtsmedizin bringen. Vielleicht finden die noch etwas, was wir so nicht sehen können. Auch was die Herkunft betrifft und wie lange dieser Finger schon abgetrennt ist. Auf den ersten Blick würde ich sagen, es ist laienhaft mit einem normalen Messer gemacht worden. Aber da werdet ihr noch warten müssen, bis die

Kollegen der Medizin uns mehr sagen können."

Man sieht ihm an, dass er mir gerne andere Nachrichten mitgeteilt hätte. Es wird wohl eine harte Nuss, den Fall zu klären. Nachdem die Spurensicherung mit dem Finger abgezogen ist, gehen Maik und Kevin nochmal von Haustür zu Haustür. Für den Fall, dass jemand etwas gesehen hat.

Maik hat das Pech erwischt, er hat bei meiner Nachbarin Frau Ebert geklingelt. Diese lässt es sich nicht nehmen, sich über mich und meinen Lebensstil auszulassen. Sie habe es schon immer geahnt, dass irgendwann einmal etwas Schreckliches passieren würde. Ich höre, wie Maik freundlich versucht, Frau Ebert abzuwimmeln, denn sie scheint nichts gesehen zu haben. Was ich mir kaum vorstellen kann.

Sie ist die neugierigste Person, die ich kenne.

Nach einer gefühlten Ewigkeit kommen beide wieder rein.

„Nichts, keiner scheint etwas gesehen zu haben. So viele Menschen und auch so wissbegierige, aber keiner hat mitbekommen, wie man dir das Paket hingelegt hat. Wir sollten auf die Wache. Dort werden wir ein Protokoll anfertigen, und wir haben auch schon die Interne informiert. Ich denke, dass sie heute noch jemanden schicken werden, der dich vernehmen wird. Ich hatte gehofft, wir könnten mehr für dich tun."

Ich höre aus Kevins Stimme echtes Bedauern, aber es lässt sich nicht ändern.

„Ich werde mein Rad nehmen. Ich kann mir vorstellen, dass die Nacht lang wird. So bin ich unabhängiger. Wir treffen uns dann gleich."

„Mit dem Rad bis Bergedorf, das sind über zwanzig Kilometer! Machst du das öfter?" Maik scheint mich immer noch nicht gut zu kennen.

„Ja, ich fahre immer mit dem Rad. Gerade nach einem langen harten Dienst ist das eine wunderbare Möglichkeit abzuschalten. Aus diesem Grund will ich das heute auch wieder machen."

Vor der Tür verabschieden wir uns.

2. Kapitel

Auf dem Weg zur Wache geht mir nichts anderes durch den Kopf als die Frage, wer es gewesen sein könnte. Es muss, wie Kevin schon sagte, vorher schon Anzeichen dafür gegeben haben. Aber bis auf Bedrohungen während einer Vernehmung gab es nichts, was darauf hätte hindeuten können.

Was soll ich nur den Kollegen der Internen sagen, wenn sie mich gleich vernehmen? Ich wisse nichts? Keine Ahnung, wer die Frau sein könnte? Ich werde mit Sicherheit suspendiert.

Einmal, als ich die Dienstwaffe einsetzen musste, ist mir das passiert. Damals blieb mir eigentlich keine andere Wahl. Der Flüchtende stoppte nicht auf meine Zurufe hin, und alles deutete darauf hin, dass er der Täter war. Im Nachhinein stellte sich heraus, dass er taub war und mich deswegen nicht gehört hat. Noch heute mache ich mir Vorwürfe, auch wenn keine bleibenden Schäden zurückgeblieben sind. Der Mann hat meine Entschuldigung angenommen, und wenn wir uns auf der Straße treffen, grüßen wir uns sogar.

„Thomas, du solltest dich beeilen. Oben im Verhörraum sitz einer von der Internen und wartet ungeduldig auf dich." Der Kollege aus dem Empfangsraum fällt gleich mit der Tür ins Haus. Nicht mal ein Kaffee scheint mir gegönnt zu sein. Aber den Kollegen oben warten lassen, geht für mich auch nicht. Also begebe ich mich auf dem direkten Weg ins Besprechungszimmer im zweiten Stock. Auf dem Flur kommt mir Maik entgegen.

„Es wäre doch besser gewesen, wenn du mit uns gekommen wärst. Der Herr scheint nicht gerade geduldig zu sein. Er hat schon viermal nach dir gefragt."

Ohne ein Wort rausche ich an ihm vorbei. Es lässt sich nun nicht mehr ändern, aber ich muss ihn ja nicht warten lassen, weil ich mich auf dem Flur mit meinem Kollegen unterhalte.

Als ich die Tür aufmache, muss ich erst einmal schlucken. Ein älterer Kollege mit einem grimmigen Blick sitzt auf einem Stuhl und schreibt etwas in eine Akte – ich vermute, es ist meine. Es ist ein komisches Gefühl, dass dieses Mal ich derjenige bin, der verhört wird. Obwohl ich weiß, dass ich unschuldig bin, kommt in mir ein Schuldgefühl auf. Habe ich vielleicht doch etwas getan, was verboten ist? Ich denke, so geht es allen, die in diesen Raum kommen und verhört werden.

„Setzen Sie sich, Herr Eickhoff. Ich heiße Mayer, von der Internen. Wir haben Gesprächsbedarf. Wann genau wurde der Finger vor ihrer Tür abgelegt? Haben Sie schon jemanden im Verdacht? Haben sie eine Vermutung, wer die Frau sein könnte?"

Der ist aber auch sehr direkt! Ich kenne ja viele Verhörtechniken, aber alle Fragen auf einmal zu stellen, keine Beziehung zum Gegenüber aufzubauen, das ist mir neu.

„Ich versuche mal ihre Fragen, so gut wie möglich, von Anfang an zu beantworten, Herr Mayer. Vom Dienst bin ich heute Morgen um zwei Uhr heimgekommen. Da lag noch nichts auf der Fußmatte. Etwa gegen neun Uhr bin ich unter die Dusche gegangen. Ich vermute, da lag noch nichts draußen, auch wenn ich nicht geschaut habe." Als ich seinen fragenden Blick sehe, frage ich mich, ob er jeden Morgen erst einmal aus der Tür schaut. Aber vielleicht ist er ja auch jemand, der jeden Morgen seine Zeitung in Hauslatschen und Nachtzeug hereinholt.

Ich versuche, als ich weiterspreche, so unbeirrt wie möglich zu klingen. „Einige Minuten später hat es an der Tür geklingelt. Meine Vermutung ist, dass der Täter damit meine Aufmerksamkeit auf das Paket lenken wollte. Leider dachte ich aber, dass dies meine Nachbarin sein könnte, da sie sich oft über mein spätes Heimkommen beschwert. Ich bin deshalb nicht gleich aus der Dusche raus, sondern habe noch in Ruhe zuende geduscht und dann gefrühstückt. Das dauerte bis circa zehn Uhr, und dann dachte ich, ehe Frau Ebert einen Beschwerdebrief über mich schreibt, gehe ich doch lieber mal zu ihr rüber. Erst dann ist mir das Paket aufgefallen.

Wer es mir gesendet hat, kann ich Ihnen nicht sagen, es stand kein Schild dran. Ich kann nur vermuten, dass es mit meiner Arbeit zu tun hat. Wer die Frau ist? Auch das kann ich nicht beantworten, der Täter hatte dem Finger leider keine Visitenkarte beigelegt." Ich bin selbst über meine aggressive Stimmung überrascht.

„Haben Sie irgendwelche Probleme mit Frauen?"

Wie kommt der darauf? Klar, ich hatte in den letzten Jahren wenn, dann nur eine kurze Beziehung. Obwohl ‚Beziehung' nicht die richtige Bezeichnung ist, eher One Night Stands. Aber das bringt der Beruf mit sich. Gerade wenn man darin erfolgreich sein möchte.

„Wie meinen Sie das?" Ich ärgere mich über mich selbst. Wieso zittert meine Stimme? Ich weiß doch, dass ich nichts falsch gemacht habe. Aber die Art, wie Herr Mayer mich angeht, verunsichert mich doch.

„Na ja, haben sie vielleicht gerade eine Beziehung beendet, die nicht so verlaufen ist, wie sie es sich wünschten? Oder haben Sie in der letzten Zeit den Drang verspürt, einer Frau Verletzungen zuzufügen?"

„Ich glaube kaum, Herr Mayer, dass wir mit diesen Anschuldigen weiterkommen, aber, wenn es sie beruhigt… Nein, ich habe niemanden verletzt, noch wollte ich es. Und meine letzte Beziehung ist so lang her, dass sie kaum noch wahr ist. Wenn sie in meine Dienstakte schauen würden – ich vermute stark, dass sie vor Ihnen auf dem Tisch liegt – werden sie sehen, dass ich mehr Überstunden habe als die halbe Belegschaft der Wache zusammen. Dass ich so einige Tage und Nächte hier verbringe und nicht mal nach Hause fahre. Ich habe mich auf eine Stelle beim SEK beworben. Das kann ich nur, wenn ich einen freien Kopf habe. In meinem Leben ist kein Platz für irgendeine Frau."

Endlich hat meine Stimme wieder die Festigkeit, die ich mir von Anfang an gewünscht habe.

„Ich hörte aber von Ihren Kollegen, dass Sie nie mit ihnen in die Kneipe gehen. Sie vermuteten dahinter eine Frau."

Ach, er hat schon mit meinen Kollegen gesprochen? Ich würde gerne wissen, wer so etwas über mich gesagt haben könnte.

„Wenn wir das Verhör auf Hörensagen und Vermutungen aufbauen wollen, werden wir nicht weiterkommen. Ich habe in den letzten Jahren viele große Fälle geklärt. Damit habe ich mir nicht nur Freunde geschaffen. Wir sollten da ansetzen und nicht an der Frage, ob ich eine Frau hatte oder nicht. Des Weiteren ist es schon eine seltsame Art mir Leichenteile zuzusenden. Wir sollten ein Profil des Täters erstellen. Was ich Ihnen nur raten kann, Herr Mayer, haben Sie genug Vertrauen in mich und meine Person, dass ich mit Sicherheit niemanden töte, mir dann die Körperteile auf meine Fußmatte lege und zum Ende noch meine Kollegen anrufe, um ihnen das mitzuteilen. Und nun würde ich gerne meine Arbeit wiederaufnehmen. Ich will herausfinden, wer das war. Und von Ihnen, Herr Mayer, wünsche ich mir vollste Unterstützung. Zum Beispiel wäre es super, wenn ein Fallanalytiker mit hinzugezogen würde."

Herr Mayer schaut mich stumm an. Ich habe das Gefühl, die Zeit rinnt unendlich langsam dahin. Aus Sekunden werden Minuten.

„Eigentlich müsste ich Sie sogar suspendieren. Aber ich habe Ihre Akte gelesen. Sie haben wichtige Fälle bearbeitet.

Sie hatten immer eine lupenreine Weste. Den einen Vorfall hätte ich nicht weiter untersucht, aber Sie standen damals Ihren Mann. Sie hatten Courage und haben sich entschuldigt. Soweit ich weiß, halten sie bis heute noch Kontakt mit dem Opfer.

Sie werden den Fall weiter bearbeiten dürfen. Aber es gibt ein paar Einschränkungen. Sie werden nicht wie gewohnt mit Ihrem Kollegen arbeiten, sondern jemanden von der Internen an ihre Seite bekommen. Sie dürfen nur an diesem Fall arbeiten. Egal, was es ist, sie haben sofort Bericht zu erstatten. Ihre Dienstwaffe muss nach Dienstschluss auf der Wache bleiben. Ich werde mich bemühen, Ihnen einen Profiler an die Seite zu stellen. Auch wenn ich noch nicht genau weiß, was dieser machen kann. Viel ist noch nicht da, was er bearbeiten kann. Sollte es zu Ungereimtheiten kommen, egal, wie nichtig, muss ich Sie vom Dienst beurlauben lassen. Enttäuschen sie mich nicht."

Ohne ein Wort des Abschieds verlässt er den Raum. Ein Unwetter ist nicht weniger stürmisch.

Ich bleibe noch einige Minuten zur Erholung sitzen. Auch wenn der Kollege von der Internen gewiss noch einige Zeit braucht, entscheide ich mich, meine Fallakten der letzten zehn Jahre durchzugehen. Mit der Zeit habe ich die ersten großen Fälle übernommen, und ich vermute, dass der Täter eher aus diesem Bereich kommt.

Ich bin gerade dabei, den Fall von einem Kinderschänder aufzumachen, als meine Tür aufgeht. Ich blicke hoch und stöhne innerlich auf. Wieso in drei Gottesnamen muss es eine Frau sein? Wahrscheinlich um zu testen, ob ich in der Lage wäre, eine Frau zu töten. In all meinen Dienstjahren hatte ich es geschafft, nur männliche Kollegen zu bekommen. Nicht, dass ich irgendetwas gegen Frauen im Dienst hätte, nein, das wirklich nicht. Aber Frauen lenken von der Arbeit ab. Gerade, wenn sie so gut aussehen wie diese.

Ich versuche ihr trotzdem ein Lächeln zu schenken – ändern kann ich es ja sowieso nicht.

„Hallo! Mein Name ist Vanessa Heinze und ich soll Ihnen ein wenig zur Seite stehen." Nicht nur, dass sie eine Frau ist, nein, sie ist auch jung. Sie könnte noch eine Praktikantin sein.

Als hätte sie meine Gedanken gelesen, kontert sie. „Lassen Sie sich nicht von meinem Alter täuschen. Ich bin verdammt gut in diesem Beruf. So dass wir mindestens auf Augenhöhe arbeiten werden. Das heißt, nachdem Sie mir die Wache gezeigt haben. Zuerst könnten wir uns die Kaffeeküche ansehen."

Also, selbstbewusst ist sie schon mal. Das sollte sie auch sein bei diesem Job und mit mir. Sofort wechsle ich auf die professionelle Ebene.

„Ich bin Thomas. Wir halten es hier eigentlich so, dass wir uns duzen." Nachdem ich ihr ein versöhnliches Lächeln geschenkt habe, zeige ich ihr alle interessanten Bereiche und stelle ihr die wichtigsten Personen der Wache vor. Mit einem heißen Kaffee gehen wir dann wieder in mein Büro und starten mit der Arbeit.

„Leider kann der Fallanalytiker erst morgen kommen, so dass wir heute noch auf uns allein gestellt sind. Nach welchen

Kriterien hast du schon angefangen zu schauen?"

Sie scheint wenigstens keine Zeit mit belanglosem Gerede verschwenden zu wollen.

„Ich habe mir die Fälle der letzten zehn Jahre vorgenommen, davor habe ich hauptsächlich kleinere Fälle gehabt. Ich kann mir kaum vorstellen, dass jemand, der nur eine kleinere Sachbeschädigung auf dem Gewissen hat, zum Mord tendiert. Also dachte ich mir, ich grenze das erst einmal ein."

Vanessa schaut nachdenklich drein. „Ich glaube nicht, dass dies der Fall ist. Die meisten von denen werden noch im Gefängnis sitzen. Wir sollten erstmal alle Fälle aussortieren, deren Haftstrafe noch verbüßt wird. Egal, ob es ein kleiner Fall oder ein größerer war."

Darauf hätte ich aber auch selbst kommen können! Der Stress scheint meine Denkfähigkeit zu beeinträchtigen.

Nachdem ich die Filter so eingestellt habe, bleiben immer noch über zweihundert Fälle übrig. Viel zu viele, um damit arbeiten zu können. Das muss sogar Vanessa einsehen.

„Wir sollten nun noch nach Gewaltdelikten filtern. Jemandem den Finger abzuschneiden ist schon sehr gewalttätig, da muss ich dir zustimmen."

Doch selbst nach dieser Filterung bleiben noch über hundert Fälle übrig.

„Du warst aber verdammt produktiv, Thomas, wenn ich dir das sagen darf.

Das macht unsere Arbeit nicht leichter."

Endlich habe ich auch wieder einen Einfall.

„Einen Finger vom Körper abzutrennen braucht Kraft.

Ich denke eher, dass Männer zu einer solchen Tat imstande sind als Frauen. Ich würde erstmal alle Frauen rausnehmen."

Sie nickt mir zustimmend zu.

„Nun sind es nur noch achtzig Fälle." Ich kann meinen Sarkasmus kaum unterdrücken.

„Thomas, du solltest nicht so schnell aufgeben.

Wir sind erst seit zwei Stunden dabei. Du hast doch nicht gedacht, dass es so schnell geht, oder?

Wenn du die Namen liest, sticht dir da vielleicht ein Fall direkt ins Auge?"

„Ich habe mir früh angewöhnt keinen Fall an mich heranzulassen. Sobald er abgeschlossen ist, vergesse ich ihn
. Es ist zu viel Gewalt im Spiel, es würde mich kaputt machen. „

„Wir sollten es für heute gut sein lassen. Es ist zwar noch nicht sehr spät, aber ich würde gerne das Profil abwarten. Das sollte ja morgen erarbeitet werden. Dann haben wir mit Sicherheit auch einen Bericht von der Rechtsmedizin, so dass wir mehr Anhaltspunkte haben. Jetzt drehen wir uns eher im Kreis, als dass wir zielorientiert arbeiten."

Sie hat zwar Recht, wir können nicht viel erreichen mit so wenigen Informationen, aber es macht mich wahnsinnig, dass ich nicht gleich richtig durchstarten kann. Nachdem ich meine Waffe im Waffenschrank der Wache eingeschlossen habe, mache ich mich auf den Weg nach Hause.

3. Kapitel

Nach einer unruhigen Nacht wache ich auf und hoffe, dass alles nur ein Albtraum war. Mein Blick zum offenen Waffenschrank sagt mir, ich habe nicht geträumt. Es ist die bittere Realität.

Mir wurde ein abgetrennter Finger vor die Tür gelegt, und ich kann nicht einmal erahnen, wer das war und wem der Finger gehört. Am liebsten würde ich im Bett bleiben und mir die Decke über den Kopf ziehen.

Aber ich weiß, dass dies keine Hilfe sein wird und raffe mich langsam auf, das Bett zu verlassen.

Mein Morgenritual, welches daraus besteht, die Kaffeemaschine anzustellen und zu duschen, absolviere ich heute wie ferngesteuert.

Als ich aus der Dusche komme, muss ich nach draußen schauen, es ist wie ein innerer Zwang.

Leider hat mich das Gefühl nicht getrübt. Wieder steht dort ein Paket

. Auch wenn ich es am liebsten sofort öffnen würde, lasse ich alles stehen und liegen und rufe Vanessa an.

„Es liegt erneut ein Päckchen vor meiner Tür,
 und es ist wieder so feucht und matschig. Kannst du mit der Spurensicherung kommen? Ich werde nichts anfassen. Aber damit es nicht so viel Aufsehen erregt, wäre ich euch dankbar, wenn ihr euch beeilen würdet und vielleicht gemeinsam kommt. Ich werde gleich noch Herrn Mayer anrufen."

Ich erkenne meine Stimme kaum wieder. Sie ist so zittrig, so schwach, wie von einem gebrochenen Mann. Mein Selbstbewusstsein hat einen großen Dämpfer erlitten.

„Du musst Herrn Mayer nicht informieren, ich bringe ihn mit.

 Die Spurensicherung informiere ich.

 Hoffentlich kommen sie zügig. Trink einen Kaffee und beruhige dich erstmal, es wird sich alles aufklären, dafür sind wir alle bei dir."

Vanessas Stimme klingt beruhigend. Aber innerlich denke ich mir, Kaffeetrinken

scheint ihr Allheilmittel zu sein. Bereits gestern trank sie Unmengen davon. Das Warten macht mich fertig, die Sekunden verstreichen endlos langsam.
Endlich klingelt es, und Vanessa und Herr Mayer stehen vor der Tür.
Während Vanessa Bilder von dem Paket macht, kommt er wie selbstverständlich in die Wohnung herein.
„Herr Eickhoff, wollen Sie wieder sagen, dass Sie nicht wissen, wer es hingelegt hat?"
Habe ich richtig gehört? Er unterstellt mir, dass ich es weiß und es nicht sagen will?
„Herr Mayer, was denken Sie? Sie hören sich an, als würden Sie mir unterstellen wollen, dass ich hier Informationen unterschlagen will. Ich dachte, da sind wir gestern schon drüber weg gewesen. Nein, ich weiß nicht, wer es mir hingelegt hat, und heute hat nicht einmal jemand geklingelt. Was drinnen ist, kann ich Ihnen auch nicht sagen, da ich es nicht reingeholt und es auch nicht geöffnet habe. Gestern gegen zweiundzwanzig Uhr lag es noch nicht da. Mehr weiß ich dazu nicht. Unten ist die Tür immer offen. Der Überbringer des Pakets kann die ganze

Nacht rein und rausgegangen sein. Das Einzige, was ich weiß, ist, dass ich keine Ahnung habe. Wir können aber natürlich gerne wieder das Spiel von gestern anfangen. Ob wir damit weiterkommen? Ich bezweifle es doch sehr stark."
Ich versuche alle Kraft in meine Stimme zu legen.
„Martin, versuchst du wieder deine Bad-Cop-Technik? Vorhin hast du selbst gesagt, du glaubst nicht, dass es Thomas war. Ich weiß, du versuchst auf diesem Weg nur, seine Vermutungen herauszubekommen. Ich bin mir sicher, Thomas hat keinen Schimmer, wer es gewesen sein könnte.
Ich stimme Thomas zu, so kommen wir nicht weiter."
Vanessa hat das Paket mit reingebracht. Es ist sehr feucht, und der Karton beginnt sich aufzulösen. „Hast du eine Tüte oder etwas aus Plastik, worauf wir es legen können? Es muss ja nicht alles auf dem Tisch auslaufen."
Vanessa lenkt uns Streithähne wieder auf das eigentliche Problem. Schnell lege ich eine Mülltüte auf den Tisch, damit sie das Paket ablegen kann.

„Ach, Thomas, ich habe deine Wohnungstür nur angelehnt, damit die Spurensicherung reinkommen kann. Wenn es hier noch einmal klingelt, wird bestimmt deine Nachbarin gleich vor der Tür stehen. Sie scheint zu glauben, man bekomme es nicht mit, dass sie hinter der Tür steht. Dabei hört man es da drinnen regelrecht schaben und knarzen."
An Herrn Mayer gewandt, redet sie weiter.
„Martin, das wäre ein Fall für dich.
Du solltest sie einmal ansprechen.
Ich kann mir nicht vorstellen, dass die nichts mitbekommen hat. Aber du als reifer, gestandener Mann, der die Frauen versteht, wirst eher etwas herausbekommen als ich junges Mädel." Ihrer Stimme hört man an, dass sie dem Kollegen
Honig um den Bart schmieren möchte.
Ich liebe diese Art von Humor. Ich kann mir bei Herrn Mayer auch vieles vorstellen, aber Frauenversteher? Das kann ich nicht glauben.
Wenn er allerdings im Gegenzug dafür von mir ablässt und sich wieder auf die Arbeit konzentriert, ist mir alles recht.

„Du willst ja nur, dass ich mich toll fühle, Vanessa. Ich frage mich immer wieder, womit ich dich verdient habe."
Höre ich da etwa eine Art Intimität heraus? Ach, Quatsch, ich bin bestimmt nur dünnhäutig. Herr Mayer könnte vom Alter her Vanessas Vater sein.
„Möchtest du mir also sagen, ich habe Schlag bei alten Frauen? Ich habe die Notizen der Kollegen von gestern studiert, sie haben auch die Personalien von Frau Ebert notiert. Vanessa, das vergesse ich dir nicht. Es wird nochmal den Moment geben, in dem ich mich dafür rächen kann."
„Mach dir nichts draus. Er meint es nicht so, wie es vielleicht rüberkommt. Wenn man zu weich ist in unserem Job, tanzen die Kollegen einem auf der Nase rum. Ich muss es eigentlich auch noch lernen, aber nicht heute und nicht hier. Nun lass uns mal das Paket öffnen, ehe es noch vor uns wegschwimmt."
Ich muss über ihren schwachen Witz lachen. Ein Blick in ihr Gesicht zeigt mir, sie hat es selbst bemerkt, er war wirklich schlecht.

Die Pappe ist komplett weich geworden.
Vorsichtig öffnet Vanessa den Karton.
„War der gestern auch nur zu gefaltet? Nicht geklebt?"
Ich bin verwirrt, verstehe nicht, was die Frage soll. Anscheinend sieht man mir das auch an.
„Kennst du das nicht? Wenn man etwas zuklebt, bleibt der Streifen mit hoher Wahrscheinlichkeit irgendwo kleben. Wenn man dann noch weite Handschuhe trägt wie wir, würde mit Sicherheit etwas abreißen. Das wiederum würde uns helfen den Täter zu finden. Wir sollten also davon ausgehen, dass die Fingerabdrücke gespeichert sind. Das wiederum heißt, wir sind mit einer hohen Wahrscheinlichkeit auf dem richtigen Weg, wenn wir mit deinen Fällen weiterarbeiten."
Ich muss über ihre Weitsicht staunen. Wieso bin ich nicht draufgekommen? Nach so vielen Jahren sollte man das doch von mir verlangen können.
Vanessas Augen werden riesengroß, und ihr Gesicht verliert die Farbe. Als mein Blick auf den Karton fällt, verstehe ich, wieso. Ein

ganzer Fuß liegt dieses Mal darin. Der abgeschnittene Teil zeigt nach oben. Dadurch kann man deutlich die Gefäße und den Knochenschnitt erkennen. Wieder scheint derjenige ein stumpfes Messer verwendet zu haben. Die Haut, die schwarzblau verfärbt ist, hängt herunter. Die Gefäße sehen auf den ersten Blick gequetscht aus. Auch wenn der Anblick ekelhaft ist, versuche ich mir den Fuß genauer anzusehen. Wieder sind die Nägel pediküret und lackiert. Das gleiche Pink wie an dem Finger. Das Opfer hat sich augenscheinlich viel Mühe gegeben.

Ich bin verwundert. Dieses Mal wurde der Knochen nicht auf der gleichen Höhe abgetrennt wie das Fleisch und die Haut rundherum. Sondern höher. Es scheint mir, als wären kleine Abschabungen am Knochen zu sehen. Sollte der Täter etwa den Knochen bewusst freigelegt haben? Wenn ja, welchen Grund könnte dieses Vorgehen haben?

„Thomas?" Ich schrecke auf und sehe Vanessa an. Sie scheint mich mehrmals angesprochen zu haben.

„Kommen dir Erinnerungen hoch? Kennst du sie vielleicht doch?" Ich glaube nicht, dass sie mich bedrängen will. Dazu ist ihre Stimme zu weich. Es ist natürlich ihr Job, nachzufragen.

„Nein, ich habe mich nur darüber gewundert, dass der Knochen dieses Mal höher angesetzt ist. Gestern beim Finger musste man ihn erst herausdrücken. Dann sind auf dem Knochen Abschabungen.
 Es sieht so aus, als hätte der Täter das Gewebe bewusst davon entfernt. Ich frage mich, welchen Sinn das haben könnte. Vielleicht ist das etwas, was uns Aufschluss auf die Person geben könnte. Der Täter möchte, dass wir erraten, wer es ist. Wir sollen es augenscheinlich nicht einfach wissen. Ein Spieler vermute ich mal."

An der Tür höre ich die Stimmen von den Kollegen der Spurensicherung. Auch wenn sie am Vortag erst von der Tür und der Klingel Fingerabdrücke genommen haben, machen sie es heute wieder. Michael, einer der Kollegen vom Vortag, kommt rein und schüttelt Vanessa und mir die Hand.

„Ist ja nicht lange her, dass wir uns das letzte Mal gesehen haben. Habt ihr es mit Handschuhen geöffnet?"

„Ja, ich habe heute auch das Paket nicht angefasst. Es ist ein Fuß. Die Rechtsmedizin wird sich freuen. Wenn es so weitergeht, können sie Puzzle spielen."

Ich wusste gar nicht, dass ich einen Hang zum Galgenhumor habe.

Dieser Fall bringt ganz neue Seiten von mir zum Vorschein.

„Wir werden erstmal sehen, ob wir etwas finden. Der gestrige Bericht wird heute Mittag auf euren Tischen liegen. Wir haben gestern aber nichts Brauchbares gefunden. Die Mediziner haben uns versprochen, einen Vorbericht an euch zu senden. Der Fall steht bei uns ganz oben auf der Liste."

Damit beginnt er auf dem Karton nach Fingerabdrücken zu suchen. Nach fast zwei Stunden Arbeit packen sie alles zusammen. Der Fuß wird in eine Kühlkiste gelegt, damit die Kollegen ihn zur Rechtsmedizin bringen können. Mir ist gar nicht aufgefallen, dass Herr Mayer von der Ebert noch nicht wieder da ist. Gerade als alle gegangen sind, kommt er wieder rüber.

„Die möchte keiner als Nachbarin haben. Gesprächig, neugierig, aber wenn es hart auf hart kommt, hat sie nichts gesehen. Dafür weiß ich, wann wer hier im Haus abends heimkommt. Übrigens, duschen Sie wirklich jeden Tag eine halbe Stunde? Haben Sie schon mal an Ihre Wasserrechnung gedacht?"

Also auch Herr Mayer versucht sich in Humor? Auch wenn er es bestimmt lustig meinte, kann ich gerade nicht lachen. Das bemerkt er augenscheinlich, denn er lenkt das Gespräch wieder auf den Fall zurück.

„Die Spurensicherung hat ihre Arbeit getan, dann sollten wir auf die Wache gehen. Der Profiler wollte um zwölf Uhr da sein, also in wenigen Minuten. Bringt ihn bitte auf den neuesten Stand. Er hat logischerweise nur die Infos von gestern, und ich kann ihn nicht mehr vorher erreichen. Ich werde euch nicht begleiten. Mein Schreibtisch ruft, und ich muss meine anderen Fälle weiter bearbeiten." Mit diesen Worten rauscht er raus.

„Kommst du mit mir mit oder fährst du allein?" Vanessa scheint es nun auch eilig zu haben. Dankbar nehme ich das Angebot an. Mit dem Rad wäre ich zu langsam, und ich sehe es wie Herr Mayer, ich will den Profiler nicht warten lassen. Dafür hoffe ich zu sehr, dass er einen neuen Blickwinkel in die Sache mitbringt.

Im Auto sitzen wir schweigend nebeneinander und lassen die Umgebung an uns vorbeiziehen. Der Hafen ist einfach schön im Sonnenschein. Ich schaffe es sogar kurzzeitig meine Probleme zu vergessen, indem ich die Touristen beobachte, die die Schiffe und die Sehenswürdigkeiten ansehen.

4. Kapitel

Auf der Wache wird überall getuschelt. Vanessa und ich schauen uns an. Auch wenn sie nicht hundertprozentig nachempfinden kann, was ich fühle, so habe ich nicht das Gefühl, allein zu sein.
„Oben sitzt schon einer, der auf euch wartet. Er meint, er sei der Profiler. Aus Sicherheitsgründen ist er im Verhörraum."
Ich kann kaum glauben, was ich da höre.
„Oh Nein, das ist ein Kollege von uns, du kannst ihn doch nicht einfach in den Verhörraum stecken! Der Raum ist stickig, er hat nicht mal ein Fenster. Wer weiß, welcher alkoholisierte Typ da gerade drin war. Stell dir vor, das würde man mit dir machen. Was würdest du denn denken?", raunze ich den wachhabenden Kollegen an.
„Na ja, ich hätte wenigstens meinen Ausweis immer dabei. Sonst kann doch jeder kommen und behaupten, er wäre einer von uns."
Okay, der Punkt geht an ihn.
Schnellen Schrittes gehen wir nach oben. Als wir den Verhörraum aufmachen, sitzt ein Mann mit verstrubbeltem Lockenhaar und

ohne Schuhe auf dem Boden. Ein Bein seiner braunen Cordhose ist hochgekrempelt. Er sieht mir eher nach einem Verwirrten als nach einem Profiler aus.
Ich kann meine Kollegen immer besser verstehen. Bei diesem Auftreten hätte ich ihn auch erst einmal in den Verhörraum gebeten.
„Wer sind Sie denn? Was machen Sie hier?"
Mit einem verwirrten Blick schaut uns der Mann, der es sich auf dem Boden gemütlich gemacht hat, an.
Na super, das kann ja heiter werden! Ich wusste schon immer, dass die Profiler sonderbar sind, aber so sehr? Ich meine, er hat augenscheinlich vergessen, wo er ist und was seine Aufgabe gerade ist.
„Thomas Eickhoff mein Name. Meine Kollegin Frau Heinze und ich sind die Polizisten, die den Fall bearbeiten, weswegen Sie hier sind."
„Ach ja, Entschuldigung. Ich habe mir schon mal die Akten angesehen. Also, Sie haben bis jetzt nur einen Finger? Dann verstehe ich nicht, wieso ich herkommen sollte. Meine Kollegen und ich kommen nur, wenn es sich um Serientäter handelt. Oder wenn man

Hoffnung hat, dass das Opfer noch gefunden werden kann.
 Beides kann ich hier nicht erkennen."
Also nicht nur verwirrt, sondern auch noch sehr von sich eingenommen. Der Mann wird mir nicht sympathischer.
„Also, ich weiß nicht, Herr...?"
 Ich mache extra eine Pause, damit mein Gegenüber vielleicht mitbekommt, dass ich gerne seinen Namen wüsste.
„Hagen, mein Name ist Hagen Willhuber. Aber das ist gerade nicht so wichtig. Wissen Sie, mein Schreibtisch ist voll mit Fällen, die meine Hilfe brauchen. Im Bericht von der Rechtsmedizin heißt es, dass der Finger post mortem abgetrennt wurde. Sie sollten eine Obduktion machen und dann die Leiche beerdigen."
Herr Willhuber, wir sollten uns mal kurz an den Tisch setzen und dann alles zusammentragen, was den Fall angeht. Möchten Sie einen Kaffee?"
Vanessa versucht Herrn Willhuber zu uns Lebenden zu bringen.
Der Herr scheint die Brisanz des Falles nicht zu erkennen.

„Ja, das wäre nett. Die Zeit nehme ich mir noch, dann muss ich auch dringend weiter."
Vanessa und ich gehen zusammen in die Küche und müssen auf einmal kichern. Alle Gerüchte über diese Gruppe von Berufskollegen scheinen wahr zu sein. Kollegen, die sich nur theoretisch mit der Materie Mord befassen.
Das Lachen hat geholfen. Entspannter betrete ich den Verhörraum und versuche im Hürdenlauf einen Weg zum Tisch zu finden. Ich weiß zwar nicht, wie lange er schon in dem Raum eingeschlossen war, aber er hat es geschafft den ganzen Boden mit Papieren auszulegen.
„Der Finger, über den wir hier sprechen, wurde mir persönlich zugesandt Herr Willhuber. Heute ist noch ein Fuß dazu gekommen."
Zu Ihnen? Ich dachte, es sei eine Privatperson. Das macht es natürlich interessanter." Ich bin erstaunt. Er scheint sich tatsächlich noch daran zu erinnern, dass ich ein Polizist bin. Bei seinem verstreuten Anblick hätte ich vermutet, dass er das

vergessen hat und wir ihn darüber noch einmal aufklären müssen.

„Wissen Sie schon, wem die Teile gehört haben? Wenn ich den Bericht richtig gelesen habe, war es auf jeden Fall eine Frau."

Ich stutze. Hat er schon den Bericht der Rechtsmedizin erhalten? Mist, wir hatten keine Zeit mehr an unsere Computer zu gehen.

„Wir haben den Bericht noch nicht lesen können, da wir direkt zu Ihnen geeilt sind. Das heißt, die DNA ist noch nicht registriert?"

„Nein, sie schreiben nur, dass es mit einem stumpfen Messer abgetrennt wurde. Der Knochen ist mit manueller Kraft gebrochen worden. Die Person ist weiblich und das Ganze ist nach dem Tod geschehen. Ob die Frau eines natürlichen Todes gestorben ist, kann man anhand des Fingers nicht ermitteln. Wie weit der Verwesungsgrad fortgeschritten ist, können sie frühestens morgen bekannt geben. Nun, wollen wir mal anfangen ein mögliches Profil zu erstellen. Der Täter muss den Nervenkitzel lieben. Um neun Uhr morgens auf St. Pauli langzugehen und zu hoffen, dass man nicht gesehen beziehungsweise wiedererkannt wird, zeugt von hohem Selbstbewusstsein. Des Weiteren kann man sicher sein, dass er keinen Gerechtigkeitssinn hat. Er scheint sich mit der Leiche an Ihnen rächen zu wollen. Ob die Frau im Zusammenhang steht oder nicht, das ist noch nicht zu sagen. Dafür müsste man mehr sehen. Aber vermutlich schon. Es ist selten, dass solche Täter ein x-beliebiges Opfer suchen.

Ein Finger, gerade der Zeigefinger, um den es sich handelt, kann dafür stehen, dass der Täter Sie ermahnen will. Aus seiner Sicht will er Sie auf etwas aufmerksam machen. Ich gehe davon aus, der Täter wird ein schweres Kindheitstrauma erlitten haben. Er wird im Kindesalter nicht gelernt haben, zwischen Gut und Böse zu unterscheiden. Häufig steht eine sehr strenge Mutter, die dem Täter keinen Freiraum ließ, dahinter. Dann haben die Väter häufig kein Interesse an ihnen gehabt, und wenn, dann nur, um zu maßregeln.

Suchen Sie also am besten nach einem Täter, der in der Kindheit misshandelt wurde. Der

Gesuchte wird ziemlich sicher einen sehr hohen IQ bei einer geringen emotionalen Intelligenz haben. Was dazu führt, dass er unter Stimmungsschwankungen leidet. Ich las, dass Sie eine Geheimadresse besitzen und Sie immer verschiedene Wege zur Arbeit fahren. Die Tat muss bis ins Kleinste geplant worden sein. Das kann niemand machen, der nicht in großen Zusammenhängen denken kann. Ich schätze, er ist von kräftiger Statur. Einen Knochen zu durchbrechen, ist nichts für zarte Persönlichkeiten."

Herr Willhuber atmet durch und trinkt einen Schluck Kaffee.

„Sie sprechen immer von einem Mann, kann sowas nicht auch eine Frau gemacht haben?" Vanessa nutzt die Gelegenheit, um Fragen zu stellen. Das nenne ich mal gute Teamarbeit.

„Doch, könnte es, aber es ist sehr unwahrscheinlich. Frauen morden eigentlich subtiler. Sie haben auch mehr Sorgen erwischt zu werden. Gift und in einer stillen Ecke, das ist eher typisch für Frauen. Auch einen Knochen zu durchbrechen, kann ich eher einem Mann zuschreiben. Haben Sie schon einmal einen Menschenknochen gebrochen?"

„Nein, Sie sprechen damit das aus, was wir uns gedacht haben. Welche Filter können wir noch anwenden? Wir haben einfach noch zu viele Fälle offen."

„Das ist schwer. Also, wie gesagt, schauen Sie nach misshandelten Tätern. Dieser wird wahrscheinlich während der Verhandlung Ihnen die Schuld für die Verurteilung gegeben haben. Sollte es ein ehemaliger Mörder gewesen sein, wird er der Person, die er ermordete, die Schuld an dem Mord geben. Es war für ihn sein Recht, diese Tat zu begehen.

Was Sie beide noch wissen sollten, diese Personen sind manipulativ. Es kann passieren, dass er die Tat nicht selbst ausgeführt hat, sondern sie ausführen ließ. Das macht Ihre Arbeit nicht leichter, das sollten Sie im Hinterkopf haben. Viel mehr helfen kann ich nicht. Es sind einfach noch zu wenige Details da."

„Ach, Herr Willhuber, mir fällt da noch etwas ein. Wir haben am Fuß festgestellt, dass der Knochen, der den Übergang zum

Fuß darstellt, vom Gewebe befreit wurde. Hat das eine Bedeutung?"

Glücklicherweise fällt mir noch dieses Detail ein, da es ja doch einen Unterschied zum Vortag ausmacht.

„Das deutet darauf hin, dass er sich mit dem Opfer sehr auseinandersetzt. Oder dass er durch diese Tat etwas verheimlichen möchte. Unwahrscheinlich, aber doch möglich, ist auch, dass er ein schlechtes Gewissen entwickelt und die Haut für ihn ein Symbol der Menschlichkeit bedeutet. Diese will er dann vernichten. Das sollten wir auf jeden Fall im Auge behalten. Ich lasse Sie nun alleine. Ich werde morgen entweder vorbeikommen oder anrufen, sobald der Bericht der Rechtsmedizin da ist. Ich hoffe, ich kann Ihnen dann mehr zum Profil sagen. Soll ich noch einen Bericht verfassen oder reichen Ihnen Ihre Notizen?"

Seltsam, er wurde immer klarer, je länger er über den Fall sprach. Ich bewundere Menschen, die so viel über andere nur anhand von Akten erkennen können.

„Es wäre gut, wenn wir für unsere Unterlagen einen Bericht hätten. Wir freuen uns jedenfalls, wenn Sie sich morgen wieder melden. Wir werden nun die Fälle nach diesen Kriterien filtern. Sollen wir Ihnen noch helfen das Chaos auf dem Boden zu beseitigen?"

„Welches Chaos? Das ist mein System. Ich habe schon öfter gehört, dass ich nach außen leicht chaotisch wirke. Seien Sie mir nicht böse, aber ich würde es gerne selber zusammensammeln.

Dann kann ich es mir gleich so abheften, wie ich es brauche."

Nachdem wir uns von ihm verabschiedet haben, gehen wir in mein Büro, um uns gleich an die Arbeit zu setzen. Es ist mittlerweile schon sechzehn Uhr. Die Zeit rennt und wir sind der Auflösung keinen bedeutsamen Schritt nähergekommen. Sofort rufe ich die Filterung auf.

„Am besten filtern wir alle Verdächtigen heraus, die während der Haft eine psychiatrische Behandlung erhalten haben. Auch wenn wir nicht wissen, was dort genau untersucht wurde, könnte es ja ein Indiz sein." Voller Tatendrang mache ich mich an die Arbeit. Während ich die überbleibenden

Fälle – es sind nur noch 20 Stück ausdrucke –, holt Vanessa uns einen Kaffee. Ich bin so sehr in meine Arbeit vertieft, dass mir erst bei ihrer Rückkehr auffällt, wie lange sie gebraucht hat.

„Ich war eben nochmal schnell am Bahnhof und habe jedem von uns ein Stück Kuchen geholt.

Wenn ich es richtig gesehen habe, hast du heute Morgen nicht gefrühstückt. Es hilft niemandem, wenn du am Ende völlig verhungert in einer Ecke liegst."

„Ach, danke. Jetzt, wo du es sagst, knurrt mir der Magen. Ich kann mich gar nicht erinnern, dass ich gestern etwas gegessen habe. Ich muss wirklich mehr darauf achten. Es wird bestimmt noch eine anstrengende Zeit." Freudig nehme ich mir ein Stück Kuchen. Sie scheint einen sehr guten Geschmack zu haben, da sie meinen Lieblingskuchen mitgebracht hat, Schwarzwälder Kirschtorte.

„Du bist noch sehr jung. Wie lange bist du schon aus der Polizeischule raus? Ich habe mal gehört, man müsse erst einige Zeit im normalen Dienst arbeiten, damit man in die

Interne kann. Aber ich kann mir nicht vorstellen, dass deine Ausbildung länger als ein oder zwei Jahre her ist."

„Stimmt, ich bin gerade ein Jahr fertig. Aber ich wurde direkt in die Interne empfohlen. Martin geht innerhalb des nächsten halben Jahres in Rente, und ich werde seinen Posten übernehmen."

Sie scheint meinen fragenden Blick zu erkennen.

„Es war im letzten Jahr der Ausbildung klar, dass ich in die Interne wechseln werde. Meine Beurteilungen zeigten stets, dass ich zielorientiert arbeiten kann, laut den Beurteilungen liegt meine Begabung im Vermitteln und ich vorverurteile nicht."

Ihr Gesicht sieht man an das dieses Lob sie unsicher macht. „Im letzten Jahr habe ich schon an Fortbildungen für diesen Bereich teilgenommen. Meine kurze Berufserfahrung macht es mir gerade schwer, Fälle durchzuschauen und zu sagen, der oder der könnte der Täter sein." Sie atmet tief durch und schaut mich fest an.

„Martin vermutete, dass wir beide uns gut ergänzen und so zügig den Verantwortlichen dingfest machen können. Ich hoffe, wir enttäuschen ihn nicht. Ich vermute, dies wird sein letzter Fall sein. Er hat so viele Überstunden, dass er eigentlich schon vor Monaten hätte gehen können. Nur hat er mit dem Loslassen so seine Probleme. Wenn wir das gut hinbekommen, dann wird es ihm nicht mehr allzu schwerfallen."

Wow, sie scheint also eine der Überfliegerinnen zu sein. Ich habe schon viele gesehen, die mit den besten Noten und den allerbesten Empfehlungen von der Polizeischule abgegangen sind, aber bei der richtigen Arbeit sind sie sang- und klanglos untergegangen. Sie scheint anders zu sein. Sie gibt zu, dass sie Schwierigkeiten mit den Verdachtsmomenten hat. Eine positive und wichtige Eigenschaft, die sie zu den Besten machen könnte.

„Und du? Du bist schon so viele Jahre bei der Polizei, hast du noch nie überlegt etwas Größeres zu machen?"

Ich verspüre einen Stich. Die Erinnerungen an meinen besten Freund werden sofort wieder wach.

„Doch, aber ich habe mich jetzt erst dazu entschieden mich für eine Sondereinheit zu bewerben. Das ist eine lange Geschichte, die jetzt den Rahmen sprengen würde."
Auch wenn ich ihren fragenden Blick bemerke, schweigt Vanessa und stellt mir keine weiteren Fragen. Dafür bin ich ihr dankbar.
„Wir sollten weitermachen. Für heute ist es zu spät, um die Verdächtigen zu besuchen. Aber wir sollten eine Prioritätenliste erstellen.
Vielleicht ist Herr Mayer auch bei der Staatsanwaltschaft damit weitergekommen, dass meine Tür videoüberwacht wird.
Ich denke nicht, dass der Fuß das letzte Teil ist, das wir bekommen haben."
„Ja, am besten ist, du schaust dir die Liste an und überlegst, woran du dich noch erinnern kannst. Ich werde Martin anrufen. Wir sollten außerdem die kompletten Gerichtsakten von den Fällen anfordern. Dann haben wir heute auch einiges geschafft."
Sie hat gut reden. Geschafft haben wir erst dann etwas, wenn wir den Täter gefasst

haben. Mein Gefühl sagt mir, dass dies noch lange dauern wird. Für mich wird das eine qualvolle Zeit.

Sofort beginne ich die Liste anzusehen. Es fällt mir nicht leicht, denn einige Fälle liegen mehr als zehn Jahre zurück. Zwei stechen mir sofort ins Auge. Ich nehme mir vor, dass wir diese beiden morgen als Allererstes bearbeiten.

Als Vanessa auflegt, schaue ich sie fragend an. Sie schüttelt nur den Kopf.

„Der Richter sieht keine hohe Dringlichkeit. Wir können jederzeit einen neuen Antrag einreichen. Der Staatsanwalt selbst ist völlig verwirrt. Andere Richter hätten dem sofort zugestimmt. Aber dieser hat schon vorab dem Staatsanwalt erklärt, dass die Akten zu deinen alten Fällen, die dem Profil des Profilers entsprechen, freigegeben werden. Herr Willhuber ist über die Dringlichkeit informiert. Er hat versprochen morgen früh den Bericht an Martin zu senden. Dann macht Martin alles fertig, damit wir morgen Mittag die Akten aus dem Archiv abholen können."

Als sie meinen unzufriedenen Blick sieht, versucht sie mich zu beruhigen.
„Thomas, schneller geht das nicht, das weißt du auch.
Es ist ja auch auf der einen Seite richtig und wichtig, dass Akten gut geschützt werden. Wir arbeiten alle mit Hochdruck daran. Leider können wir dich vor einer erneuten Sendung eines Körperteils nicht schützen. Morgen werden wir sofort mit der Liste beginnen.
Ich schlage vor, wir starten bei dir zu Hause und kommen gar nicht erst hierher. So sparen wir Zeit. Ich wohne in Altona, also wäre das für uns beide die zeitsparendste Möglichkeit."
Mein Gefühl sagt mir, es wird nicht helfen, wenn ich Vanessa widerspreche. Sie wird keinen Einspruch akzeptieren. Wenn ich allein arbeiten dürfte, würde ich die Nacht weiter hier bleiben und alle Akten durchgehen.
Vor der Tür fällt mir ein, dass ich ja gar kein Rad dabeihabe. Als ich mich auf den Weg zur S-Bahn machen will, sehe ich Herrn Mayer wartend vor der Wache stehen.

Normalerweise bin ich kein neugieriger Mensch, aber es interessiert mich schon, wieso der Mann zur Wache kommt, wenn eigentlich Feierabend angesagt ist. Vanessa, die kurz nach mir das Haus verlässt, geht zügig auf ihn zu und umarmt ihn. Obwohl ich es heute Morgen schon vermutet habe, entsetzt mich diese enge Beziehung.
 Ich dachte immer, Paare dürften nicht gemeinsam in derselben Dienststelle arbeiten. Ich versuche meine Gedanken zur Seite zu drängen. Es geht mich nichts an, und ich will mich auf den Fall konzentrieren. Ich habe heute keinen Drang nach Hause zu gehen. Mir fällt der Silbersack wieder ein. Die Kneipe, in die ich während meiner Ausbildung gerne ging. Ich hatte zwar gehört, dass die Besitzerin von damals mittlerweile verstorben sei, aber viele Menschen hätten es gemeinsam geschafft, die Kneipe zu erhalten. Vielleicht sollte ich dorthin gehen, um ein wenig zu vergessen. Ein Bier könnte mir auch helfen, heute Nacht besser schlafen zu können.
Als ich die Kneipe betrete, fühle ich mich sofort wieder heimisch.

Klar, hinter dem Tresen steht nicht mehr Erna. Erna, die immer einen flotten Spruch auf den Lippen hatte. Stattdessen steht dort ein bedeutend jüngerer Mann. Er wirkt freundlich, aber es ist einfach nicht das Gleiche. Eine neue Jukebox steht auf halbem Wege zur Toilette. Sonst ist alles gleichgeblieben. Ich unterbinde den Drang, unter dem Tisch zu schauen, ob der Kaugummi, den ich vor fünfundzwanzig Jahren dort hin geklebt habe, noch da ist. Nach drei Bieren verspüre ich eine wunderbare innere Ruhe.
Ich gehe zur Jukebox.
Klar, es sind neue Lieder darin, aber ich bin mittlerweile tatsächlich so weit, dass ich den Drang habe, das Lied „Atemlos" von Helene Fischer hören zu wollen. Als die ersten Akkorde des Liedes erklingen, beginnt ein Mann mit einem Bart wie aus einer Weihnachtswerbung in den tiefsten Tönen mitzusingen. Ich muss lachen. Der hat definitiv ein oder zwei Bier zu viel intus. Es tut gut, einfach abzuschalten. Ehe ich mich komplett betrinke, auch wenn ich den

inneren Drang habe, entscheide ich mich zu gehen.
Ich nehme mir jedoch fest vor, wieder öfter zu kommen.
Zuhause fällt mein Blick auf dem Treppenabsatz meines Stockwerkes zuerst auf meine Fußmatte. Glücklicherweise liegt nichts darauf. Obwohl meine Tür abgeschlossen ist, habe ich Angst, dass jemand in meiner Wohnung war. Zitternd schließe ich die Tür auf und atme durch, die Wohnung scheint unverändert.
Nach einem kleinen Snack lege ich mich sofort ins Bett. Dank dem Bier kann ich ruhig durchschlafen.

5. Kapitel

Am nächsten Morgen gehe ich zur Tür, ehe ich mich unter die Dusche stelle oder meine Kaffeemaschine einschalte.
Mein Albtraum geht weiter.
Es liegt ein kleines Paket, vielleicht zehn mal zehn Zentimeter, auf der Matte.
Es sieht so aus, als würde es da schon länger liegen. Denn es ist durchnässt und von einer Wasserlache umgeben.
Als ich Vanessa anrufe, klingelt es einmal, ehe sie sich meldet: „Wir sind gleich bei dir."
Sie haben anscheinend die Nacht miteinander verbracht. Dabei ist sie noch so jung, sie könnte so viele andere Männer haben. Eine leise Stimme in meinem Kopf flüstert mir zu: „Einen wie dich vielleicht? Du hast doch schon seit Jahren keine Frau mehr gehabt."
Anscheinend hatte ich zu lange keine Freundin mehr, wenn ich nun schon eifersüchtig auf einen Kollegen bin.
Etwa fünfzehn Minuten später klingelt es an der Tür. Vanessa und Herr Mayer betreten die Wohnung.

„Wir haben das Päckchen direkt mit reingebracht. Wir gehen davon aus, dass heute wieder keine Fingerabdrücke darauf sind."
Herr Mayer, der mein entsetztes Gesicht sieht, denn es ist ein Unding ein Beweisstück ohne Handschuhe anzufassen, redet schnell weiter.
„Natürlich hatten wir Handschuhe an. Auch wir haben die Polizeischule besucht."
Dummer Gedankengang von mir, denn eigentlich kann ich es ja auch sehen.
„Außerdem fand der Hund deiner Nachbarin von unten den Geruch so interessant, dass er sich kaum von dem Paket lösen konnte. Ehe er es also auffrisst, dachten wir, wir nehmen es lieber mit rein."
Vanessa versucht mich mit einem Scherz aufzumuntern. Als ob das möglich wäre.
Herr Mayer tickt da glücklicherweise anders, auch wenn ich seine Art auch nicht gerade mag. „Es ist heute ein sehr kleines Paket, ahnen Sie, was da drinnen ist?"
Am liebsten würde ich ihm eine reinhauen, aber ich halte mich tapfer zurück.

„Nein, woher soll ich denn wissen, was da drinnen ist? Ich denke, es ist klar, dass ich es nicht aufgemacht habe, sondern direkt Vanessa angerufen habe.
Sie sollten nicht immer wieder unterschwellige Andeutungen machen, dass ich mir die Pakete vielleicht selbst hinlege. Sie können auch gerne auf Ihre Kollegin hören, die Ihnen gestern schon sagte, dass ich nicht der Täter bin.
Wenn der Richter endlich einer Videoüberwachung zustimmen würde, könnte ich es beweisen." An jedem meiner Worte hört man, wie sauer und aggressiv ich bin.
„Jungs, nun kommt mal runter. Martin, du hast mir versprochen heute ein wenig freundlicher zu sein, und du, Thomas, solltest wissen, dass das eine normale Frage ist. Du könntest es ja schon geöffnet haben. Nun reicht euch die Hände, wir wollen nämlich alle dasselbe. Ich kann auch am besten arbeiten, wenn meine Kollegen sich nicht jeden Augenblick an die Kehle gehen und ich beide verhaften lassen muss."

„Ja, du hast recht, Vanessa. Entschuldigen Sie, Herr Eickhoff, dies ist mein letzter Fall, die anderen habe ich gestern abgegeben. Danach gehe ich in Rente. Ich möchte, dass er positiv endet. Vielleicht bin ich ein wenig zu forsch, da haben Sie Recht.
 Wir sollten mit unserer Beziehung neu beginnen. Am besten, indem wir uns duzen. Ich heiße Martin."
Auch wenn ich das am liebsten ausschlagen möchte, reiche ich Martin die Hand, in der Hoffnung, dass es uns die Arbeit erleichtern wird.
„Thomas, ich denke, wir sollten nun zügig loslegen. Die Zeit rinnt uns nur so durch die Finger und wir haben eine Liste von möglichen Verdächtigen, die wir heute noch anfahren wollen."
Vanessa hat die Zeit, in der ich mich mit Martin unterhielt, dazu genutzt das Päckchen zu öffnen.
„Es ist ein Auge. Wieder nicht fachmännisch abgetrennt.
Man kann an den Adern erkennen, dass es gequetscht wurde. Der Glaskörper ist völlig

intakt. Was meinst du, Martin, brauchen wir die Spurensicherung?"

„Welche Farbe hat denn das Auge? Wenn Herr Willhuber Recht hat, soll ich die Frau kennen. Auch wenn ich nicht glaube, dass ich eine Frau an den Augen erkennen kann. Eine Chance ist es dennoch."

„Blau, ein helles Blau. Ich finde die Farbe markant, denn ich kenne nur recht wenige Frauen, die so eine starke Farbe haben. Es erinnert mich ein wenig an karibisches Meer. Vielleicht solltest du es dir selbst ansehen." Mit diesen Worten gibt sie mir den Blick auf das Paket frei. Die Adern sehen wirklich aus, als wäre es gequetscht worden.

„Ich bin ja kein Spezialist für Augen, aber gibt es nicht normalerweise hinten noch einen Sehnerv, den man sehen müsste?" Vanessa und Martin nicken beide. „Du hast Recht, meinst du, das könnte ein Hinweis sein?" Martin spricht mich endlich mit einem vernünftigen Ton an.

„Das sollten wir auf jeden Fall Herrn Willhuber und die Mediziner fragen. Er meinte gestern, dass der Finger ein Symbol sein könnte. Vielleicht hat ja jedes Körperteil eine symbolische Bedeutung. Ich habe vor Jahren mal in einem Artikel gelesen, dass Eltern die Augen ihres Sohnes rausgeholt haben, weil sie dachten, er wäre vom Satan besessen. Es könnte einen solchen Hintergrund haben."

Mhm. Ich frage mich ja ein wenig, was Vanessa in ihrer Freizeit macht, wenn sie ein solches Wissen hat.

„Ich weiß nicht, Vanessa, keiner meiner Fälle hat mit Satanismus oder Okkultem zu tun gehabt."

„Thomas, du weißt doch nicht, wie sich die Menschen aufgrund ihrer Haftzeit oder ihrer Erfahrungen verändert haben. Ich denke, da kann uns Hagen Willhuber weiterhelfen, was meinst du?"

Ich muss ihr natürlich zustimmen.

Außerdem würde es den Kreis der Verdächtigen noch mehr eingrenzen. Auch wenn die Tat grausig ist, es könnte uns helfen.

„Ich schlage vor, wir bringen nun das Paket zur Rechtsmedizin. Ich finde nicht, auch wenn es Vorschrift ist, dass wir wieder die Spurensicherung holen müssen. Wir haben unten im Auto Sicherungstüten, so dass wir die Qualitätskette nicht unterbrechen würden.

 Glaubt jemand, dass hier irgendwelche Spuren am Paket sind? Außer die des Hundes? Die Spuren auf dem Auge werden von den Medizinern untersucht."

Wir drei sind uns augenscheinlich alle einig. Dies verkürzt die Zeit, bis wir mit den Befragungen loslegen können, um einiges.

„Sollen wir dich mitnehmen? Wir sind heute mit einem Auto hier."

Ich muss innerlich kämpfen, das Angebot von Martin abzulehnen.

Aber mir fällt kein guter Grund ein. Wenn wir erst zur Rechtsmedizin wollen, dann ist es umständlich, wenn ich mit dem Rad fahre. Das Universitätsklinikum Eppendorf liegt in einer ganz anderen Richtung als Bergedorf.

„Ja, gerne. Aber nur, wenn ich euch beiden nicht zur Last falle."

Auch wenn es mich nichts angeht, versuche ich herauszufinden, ob sie ein Paar sind, und wenn ja, ob sie sich dazu bekennen.

Vanessa nimmt mich am Arm und zieht mich Richtung Tür.

„Du solltest deinen Schlüssel nicht vergessen. Sonst wird heute Nacht eine Zelle dein Schlafplatz.

Denn den Schlüsseldienst solltest du bei deiner netten Nachbarin lieber nicht rufen müssen."Auf dem Weg zur Rechtsmedizin unterhalten sich Martin und Vanessa über Kollegen ihrer Abteilung.

Ich nutze die Möglichkeit, mich ein wenig zurückzuziehen und über das Auge nachzudenken. So sehr ich mich bemühe, ich kann mich an keine Frau erinnern, die diese Augenfarbe hatte. Aber kommen Augen ohne die Haare überhaupt genauso rüber?

Dabei schießt mir ein Gedanke durch den Kopf.

„Sagt mal, können die von der Rechtsmedizin anhand des Fußes oder des Fingers nicht die Haarfarbe bestimmen?"

Als ich die verwirrten Blicke der beiden sehe, merke ich, dass ich wieder zu abstrakt spreche. Eine schlechte Angewohnheit.

„Naja, ich sage es mal so: Wir haben doch alle an unserem Körper überall Haare. Kann man daraus nicht Rückschlüsse auf die Haarfarbe ziehen? Es wird doch sicher

möglich sein, ein Profil der Statur aus den Haaren und den Augen herzustellen.
Vielleicht erkenne ich dann, wer die Frau ist. Es macht mich echt wahnsinnig, dass Herr Willhuber vermutet, ich würde die Frau kennen, sie sei mir sogar wichtig, und es fällt mir niemand ein.
Meine Mutter ist verstorben. Seit Jahren hatte ich keine Freundin mehr, und Geschwister habe ich auch nicht.
 Mir fällt also niemand ein, der es sein könnte."
Nachdenklich blickt mich Vanessa an. „Wir können nachfragen. Gerade wir Frauen lieben es ja, unsere Beinhaare zu entwachsen oder zu rasieren. Damit werden sie auch dunkler. Ich kann es mir also leider nicht vorstellen, aber ich bin keine Medizinerin. Ob der Finger, der Fuß und das Auge ausreichen, um Rückschlüsse auf die Figur und Größe zu ziehen? Ich wage es zu bezweifeln. Wir sollten auch davon ausgehen, dass die Mediziner uns darauf hinweisen werden, wenn es möglich ist.
Ich kann mir vorstellen, wie ungeduldig du bist, ich wäre da nicht anders. Wir werden

die Vermisstenanzeigen anhand der Daten abrufen. Dann kannst du sie danach durchsehen, ob du jemanden kennst. Leider befürchte ich, bei blauen Augen werden es Unzählige sein."

An Martin gewandt spricht Vanessa endlich das aus, was ich die ganze Zeit denke.

„Martin, wir können noch ein paar Helfer gebrauchen. Wenn Thomas und ich heute anfangen, die möglichen Verdächtigen zu besuchen, dann wäre es super, wenn jemand die Vermisstenanzeigen durchgeht.

Es muss dringend mehr Druck in der Rechtsmedizin und der Staatsanwaltschaft wegen der Videoüberwachung gemacht werden. Heute Nachmittag können wir voraussichtlich die Akten von der Staatsanwaltschaft abholen.

Das können wir zu zweit niemals alles schaffen."

Ich höre hinten ein leises Knurren, vermutlich von Martin.

„Wer kann dir schon was abschlagen? Aber ich werde es nur unter einer Bedingung machen. Du kommst am Wochenende nach Hause. Deine Mutter jammert mir immer die

Ohren voll, dass du viel zu dünn geworden bist, seitdem du bei uns in der Internen angefangen hast, und dass du mit Sicherheit nicht genug zu essen bekommst. Obwohl du neben uns wohnst, sieht sie dich viel zu selten, außer du holst mich wie heute Morgen aus dem Bett."
Wie? Mama? Ist Martin vielleicht der Vater? Das erklärt natürlich auch die Innigkeit. Seltsamerweise fühle ich mich erleichtert.
„Ihr seid Vater und Tochter?" Ist diese hohe Stimme wirklich meine?
Martin und Vanessa fangen an laut zu lachen.
„Na, was dachtest du denn? Du hast doch auch gesehen, dass Martin mich abends von der Wache abgeholt hat." Vanessa kann kaum aufhören zu kichern.
„Vanessa, was denkst du denn, was er dachte? So ungewöhnlich ist eine Liebesbeziehung unter Kollegen auch nicht. Außerdem hast du gestern noch behauptet, ich sei ein Frauenversteher."
„Ein Paar?" Nun verstummt Vanessa.
Das Entsetzten steht ihr ins Gesicht geschrieben.

„Na, Vanessa, so abwegig ist das auch nicht. Immerhin bin ich ein gutaussehender, viel jünger erscheinender, freundlicher Mann."
Vanessa nimmt Martin in den Arm.
„Oh ja, das bist du. Aber dennoch kann ich mir mehr als Papa bei dir nicht vorstellen. Das ist auch gut so. Mit meiner Mutter möchte ich keinen Eifersuchtsstreit haben. Den kann ich nur verlieren."
Nun kann ich ein Lachen nicht mehr unterdrücken. Nachdem wir alle drei einige Minuten gelacht haben, erreichen wir das Universitätsklinikum.
Als wir die Gerichtsmedizin betreten, strömt uns ein unangenehmer Geruch von Desinfektionsmittel, vermischt mit dem süßlichen Geruch von Leichen entgegen.
Im Büro sitzt ein Mitarbeiter, der beim Anblick von Martin gleich hochspringt.
„Herr Mayer, Sie waren ja lange nicht mehr hier.
Wie geht es Ihnen?"
Beide unterhalten sich einige Minuten über Belangloses, bis sie meine Unruhe bemerken und zu dem Thema finden, weswegen wir hier sind.

„Sie erinnern sich bestimmt an die Leichenteile, die wir in den letzten Tagen über die Spurensicherung hergeschickt haben? Heute ist wieder etwas hinzugekommen. Ein Auge, ein wunderschönes blaues, muss man dazu sagen. Wie die vorangegangenen Körperteile ist auch dieses wieder einzeln, und immer noch ist nicht klar, wer die Person sein kann."
Der Mitarbeiter nickt.
Wir sehen ja wirklich viel, aber das ist schon etwas Seltsames. Wir bekommen öfter einzelne Körperteile. Die werden dann im Wald verteilt oder auf Feldern. Aber dass ein Polizist sie bekommt, ist wirklich ungewöhnlich. Wir arbeiten unter Hochdruck. Es ist leider viel zu wenig, um Ihnen mehr Informationen geben zu können."
Ich unterbreche den Mitarbeiter, auch wenn es unhöflich ist.
„Ich habe eine Frage: Wir haben doch am ganzen Körper Haare. Kann man da nicht Rückschlüsse auf die Haarfarbe ziehen?

Oder kann man mit Hilfe des Fingers und des Fußes die Statur des Opfers ermitteln?"
Ich will nicht lange warten, sondern schnell weiterkommen. Dieses lange Phrasendreschen ist nicht meine Welt.
„Das sind gute Fragen, und unter normalen Umständen könnten wir eine Tendenz nennen. Hundertprozentig geht es nicht. Sollte sich die Person öfter die Haare rasiert haben, wird die Farbe dunkler. Außerdem könnte sie nur unter ihren gefärbten Haaren bekannt sein. Wir haben etwas anderes festgestellt. Sowohl der Fuß als auch der Finger wurden enthaart. Epiliert, um genauer zu sein. Das heißt, wir sind auf der Suche nach Haarwurzeln. Ich denke nicht, dass es uns weiterbringt.
Die Statur anhand des Fußes oder eines Fingers zu erkennen, ist nicht hilfreich. Die Angaben wären viel zu ungenau. Wenn wir den Oberschenkel hätten, wäre super. So bringt es uns alle nicht weiter."
Er scheint meinen Gesichtsausdruck gesehen zu haben. Ich bin innerlich so wütend, mittlerweile arbeiten wir drei Tage an diesem Fall. Drei Tage, in denen ich nie

weiß, was als nächstes kommt, und man kann mir nicht einmal sagen, wie die Frau aussah oder wer sie ist.

„Es tut mir leid, aber es bringt uns alle nicht weiter, wenn wir hier mit Glaskugeln arbeiten. Ich kann ihnen nur raten sich zu gedulden. Bis jetzt hat der Mörder keinen Fehler gemacht, aber es gibt keine fehlerlosen Morde. Auch dieses Mal werden wir den Fall aufklären können."

Nach diesen Worten herrscht Stille.

Meine Gedanken purzeln nur so durcheinander. Ich weiß doch, dass es auch Morde gibt, die nie aufgeklärt wurden. Wie viele unbekannte Leichen wurden beerdigt? Ich weiß es selbst nicht.

Was passiert mit mir, wenn das hier auch der Fall sein sollte?

„Thomas, du bist nicht allein, wir stehen das zusammen durch. Martin und dein Kollege werden noch mit dazukommen. Wir werden den Fall lösen. Egal, wie lange das dauert."

Ich muss feststellen, dass Vanessa wieder einmal meine Gedanken gespürt hat.

Nachdem wir dem Mitarbeiter das Auge übergeben haben, sieht er es sich an.

„Ihr Mörder muss gut sein, er hat die Muskulatur entfernt und den Sehnerv so kurz gehalten und auch noch abgequetscht, dass wir nicht sehen können, ob die Frau eine Brille tragen musste oder nicht. Es wird uns wieder nicht viel helfen, um herauszufinden, wer sie war. Wir werden uns so schnell wie möglich mit dem Bericht bei Ihnen melden."

Nach diesen Worten verabschieden wir uns und machen uns auf den Weg zur Wache.

„Ich vermute, du wirst heute Morgen nichts gegessen haben. Wir können Zeit sparen, indem wir die Besprechung mit einem Mittagessen verbinden. Also sollten wir bei einem Bäcker Halt machen und was einkaufen."

Vanessa scheint einen ausgeprägten Beschützerinstinkt zu haben. Aber sie hat Recht, Essen hat bei mir zur Zeit keinen hohen Stellenwert.

Mit Kuchen und belegten Brötchen, die wir unterwegs bei einem Bäcker geholt haben, erreichen wir die Wache. Martin bespricht sich mit dem Wachleiter, der sofort sein

Einverständnis gibt, dass Maik an diesem Fall mitarbeiten kann.
Im Besprechungsraum treffen wir vier zusammen. Nachdem wir Maik auf den neuesten Stand gebracht haben, geht es um die Aufgabenverteilung.
„Ich schlage vor, dass Thomas und Vanessa die Befragung durchführen. Sollte einer der Verdächtigen wirklich der Täter sein, dann könnte es passieren, dass er sich beim Anblick von Thomas verrät." Martin schaut uns alle an und fährt fort. „Vanessa hat in ihrer Ausbildung eine Zusatzqualifikation gemacht, was das Beobachten von Körpersprache und Mimik betrifft, und kann recht gut erkennen, wenn derjenige versucht, etwas zu verbergen." Er atmet einmal durch und blickt Maik an. „Wir beide werden die Akten von der Staatsanwaltschaft holen. Gleichzeitig auch die Videoüberwachungszustimmung. Ansonsten, Thomas, müssen wir versuchen deinen Vermieter zu überzeugen, auch wenn es dann nicht vor dem Gericht standhält. Hat noch jemand Vorschläge zum weiteren Vorgehen?" Auch wenn mir der Gedanke

schwerfällt, dass noch jemand in den Fall mit reingezogen wird, bin ich froh, dass wir nun schneller vorwärtskommen werden.
Keiner von uns hat einen Einwand. Somit essen Vanessa und ich nur schnell unsere Brötchen auf und trinken den Kaffee aus, um dann die Wache zu verlassen.
Glücklicherweise erinnert mich Martin daran, dass ich meine Dienstwaffe aus dem Schrank holen muss. Ich bin es gewohnt, meine Waffe auf der Wache bereits bei mir zu tragen. Beinahe hätte ich sie zurückgelassen.

6. Kapitel

Auf dem Weg zum ersten Verdächtigen gehe ich mit Vanessa nochmal den Fall, soweit er mir in Erinnerung geblieben ist, durch.
„Der Mann hatte damals im Drogenrausch seine Lebensgefährtin erstochen. Laut seiner Aussage hat sie ihn dazu aufgefordert. Er hat bei Gericht nicht verstanden, dass er etwas Unrechtes getan haben sollte. Als er verurteilt wurde, haben mir die Kollegen erzählt, sei er ausgerastet und habe gedroht, dass mir das noch leidtun wird. Laut Datenbank ist er vor drei Wochen aus der Haft entlassen worden. Da er bei der Tat unter Drogen stand, war er nur bedingt zurechnungsfähig und hat eine geringere Haftstrafe bekommen."
„Na, das kann ja dann heiter werden, wenn er noch so drauf ist wie damals."
Eine knappe Stunde später sind wir in Harburg angekommen. Das Haus, in dem der Verdächtige wohnt, liegt am Rande der Fischbeker Heide. Ein wenig abseits die Außenanlage ist sehr gepflegt. Im Vorgarten blühen schöne Herbstblumen, die Beete sind

von Unkraut befreit. Man sieht, dass gerade erst darin gearbeitet wurde. Die Spuren in der Erde sind noch frisch und feucht.
Mein erster Gedanke:
Nicht, dass er die anderen Leichenteile in seinem Garten verscharrt hat.
Gerade als wir durch die vordere Gartentür reingehen wollen, geht die Haustür auf und der Verdächtige kommt heraus.
„Guten Tag, Herr Fritsche, erinnern Sie sich noch an mich?"
Ein Nicken des Mannes zeigt mir, dass er mich wiedererkennt.
„Herr Eickhoff! Der Polizist, der damals ermittelt hatte. Kommen Sie rein."
Mit so viel Freundlichkeit hätte ich nie gerechnet. Vanessa und ich schauen uns überrascht an, bevor wir der Einladung nachkommen.
„Herr Eickhoff, ich bin froh, dass Sie hier sind! Ich hatte versucht Sie ausfindig zu machen. Ihre Kollegen wollten mir nicht sagen, auf welcher Wache Sie nun sind. Ich wollte mich entschuldigen."

Mit vielem habe ich gerechnet, aber dass Herr Fritsche sich entschuldigen möchte, damit nun wirklich nicht.

„Wofür möchten Sie sich denn bei Herrn Eickhoff entschuldigen?" Auch Vanessa scheint dem Ganzen nicht zu trauen.

„Wissen Sie, damals habe ich ziemlich heftig unter Drogen gestanden." Ein leichtes zittern in seiner Stimme zeigt mir, dass es ihm nicht leicht fällt darüber zu reden. „Als ich meine Freundin erstochen habe, habe ich mir wirklich eingebildet, gehört zu haben, dass sie sagte, ich solle dies tun. Bis heute weiß ich nicht, ob sie es nicht wirklich getan hat." Er schüttelt den Kopf aber fährt mit fester Stimme fort.

„Auch sie stand unter Drogen, es war also nicht richtig. Anstatt es im Laufe der Verhandlungen einzusehen, habe ich Ihnen die Schuld dafür gegeben, dass ich verhaftet und verurteilt wurde.

Es hat ziemlich lange gedauert – mit Hilfe von Psychologen und dem Entzug –, bis ich verstand, dass es ausschließlich an mir lag. Ich möchte nicht sagen, dass ich ein neuer Mensch bin, denn ich kämpfe immer noch jeden Tag gegen dieses Verlangen nach den Drogen." Sein Gesichtsausdruck zeigt mir, dass er es ernst meint. „Mein Therapeut meint auch, dass es noch sehr lange dauern wird. Aber ich bin auf dem richtigen Weg. Dank einer Tante kann ich hier in diesem Haus leben. Es ist weit genug weg von meinen alten Kumpels. Ich gehe zwei Mal die Woche zur Therapie, einmal die Woche muss ich zu meinem Bewährungshelfer. Da ich immer noch merke, dass es mir nicht leichtfällt, werde ich wohl in einigen Wochen auf eine Kur fahren.

Im Knast habe ich eine Ausbildung zum KFZ-Mechatroniker gemacht. Mein Bewährungshelfer versucht mit mir gemeinsam, eine Arbeitsstelle zu finden. Aber ich erzähle so viel von mir. Sie werden nicht hier sein, um das zu hören. Was also wollen Sie, Herr Eickhoff?"

Vanessa übernimmt das Reden für mich. Aber ich bin erstaunt über Herrn Fritsches Wandlung. Ich kann mir nicht vorstellen, dass die gespielt ist.

„Herr Fritsche, dies ist eine Routinesache. Aufgrund von einigen Vorfällen in den letzten Tagen nehmen wir uns ehemalige Fälle von Herrn Eickhoff vor. Da Sie und ihre damalige Verfassung genau auf unser Profil passen, müssen Sie uns leider einige Fragen beantworten. Können Sie sagen, wo sie die letzten 3 Tage in den frühen Morgenstunden bis mittags waren?"

„Ja, das kann ich. Ich war bei einer Freundin, die ich noch aus der Schulzeit kenne und die mir durch die Knastzeit geholfen hat. Sie lebt in München. Wenn Sie kurz warten, zeige ich Ihnen auch die Bahntickets. Wenn Sie wollen, können wir sie auch gleich anrufen."

Trotz der Andeutung, dass wir glauben, er sei in eine Straftat verwickelt, hat sich seine Stimme nicht verändert. Ich denke nicht, dass er unser Täter ist. Aus Sicherheitsgründen überprüfen wir dennoch seine Bahntickets, und der Anruf bei seiner Bekannten bestätigt seine Aussage.

Mit einem „Bleiben sie weiterhin sauber!" verabschiede ich mich, bevor wir zurück zum Wagen gehen.

„Schade, dass es nicht immer so verläuft. Es zeigt doch, dass unser Strafvollzugssystem nicht komplett verkehrt ist. Wie oft kommen die Drogenabhängigen weiterhin an ihren Stoff, oder wie oft sind sie nach der Entlassung sofort wieder bei ihrem Dealer?" Vanessa scheint in ihre Gedanken vertieft zu sein und spricht, als wäre ich nicht in der Nähe.

Sie hat natürlich Recht, aber irgendwie hatte ich gehofft, dass der erste Versuch gleich ein Treffer ist. Als ich auf die Uhr schaue, seufze ich. Schon siebzehn Uhr. Wieder ist ein Tag vorbei.

„Hast du Zeit, doch noch den Nächsten anzufahren?" Ich will nicht nach Hause, zu groß ist die Angst, dass dort wieder ein Paket liegt – oder Schlimmeres.

„Na klar, noch ist nicht Wochenende. Meine Mama kocht immer samstags für die ganze Familie.

Die letzten zwei Mal war ich auf einer Schulung. Sie macht sich dann immer riesige Sorgen um mich. Ich könnte ja vielleicht vom Fleisch fallen. Außerdem könnte es ja auch sein, dass sie mir nicht beigebracht hat, wie man kocht."

Trotz des ironischen Untertons hört man aus ihrer Stimme mit jedem Wort die Liebe zu ihrer Mutter heraus.

„Wohnst du noch daheim?" Ich kenne mich gar nicht so neugierig. Aber irgendetwas treibt mich dazu an, dass ich mehr von Vanessa kennenlernen möchte.

„Jein. Meine Eltern haben ein Haus mit drei Einliegerwohnungen. Ich wohne in einer davon und mein Bruder in der anderen. Die dritte halten wir immer wieder frei für ‚Sorgenkinder' meiner Mutter."

Als sie meinen verwirrten Blick sieht, grinst sie.

„Meine Mutter hat als Anwältin gearbeitet. Ihr Schwerpunkt war das Vertreten von Frauen, die misshandelt oder missbraucht wurden. Wenn diese schnell in eine andere Wohnung mussten, war das eine Möglichkeit. Nun wohnt dort seit der Rente meiner Mutter eine Frau mit ihrem Sohn. Eigentlich sind sie auch schon mehr ein Teil der Familie als Mieter.

Meine Mutter war schon immer die weichste von uns allen. Jedes kranke Tier wird mit nach Hause gebracht. Mein Vater musste

Unmengen an Volieren und Käfigen im Garten aufstellen. Die Nachbarn haben es schon aufgegeben zu meckern. Meine Mutter hoffte immer ein wenig, dass ich nach ihr komme und auch Anwältin werde – keiner hat je vermutet, dass ich Polizistin werden könnte. Noch heute höre ich immer wieder von ihr, ich solle doch anfangen zu studieren. Sie könne mir doch helfen. Aber es ist eher spaßig gemeint als ernst. In Wirklichkeit ist sie stolz auf mich."
Danach belassen wir es dabei, über ihr Privatleben zu sprechen. Ich möchte auch nicht zu neugierig klingen.
„Der Nächste auf meiner Liste ist Herr Brockmann. Herr Brockmann ist oder war schwerer Alkoholiker. Er hat in einer Kneipenschlägerei einen Mann tödlich verletzt. Da es nicht das erste Mal war, hat der Richter recht hart entschieden und ihm zehn Jahre gegeben.

Sein Anwalt hatte den Fehler gemacht, ihm im Vorwege zu sagen, dass er aufgrund von mangelnder Zurechnungsfähigkeit durch den Alkoholkonsum maximal sieben Jahre bekommt.

Deswegen waren der Anwalt und ich die Buhmänner. Vom Anwalt weiß ich, dass der Angeklagte ihn des Öfteren bedroht hat, nachdem er aus dem Gefängnis herauskam. Das ist nun fast ein Jahr her. Er wohnt in einem Männerwohnheim im Billbrooker Industriegebiet.
Das bedeutet häufig, dass der Entlassene noch nicht wieder resozialisiert ist."
Vanessa nickt.
„Ja, ich kenne dieses Wohnheim. Ich hatte dort meinen ersten Einsatz. Es gab oder gibt da einen Mann, der behauptete, dass ein Kollege von uns ihn bestechen wollte. Unsere Nachforschungen ergaben glücklicherweise, dass unser Kollege wegen Drogenverkauf gegen ihn ermittelte.
 Mit seiner Behauptung wollte er sich von dem Vorwurf loseisen.
Als Frau möchte ich da nicht allein reingehen müssen. Auch wenn der Träger immer wieder erklärt, dass es sich bessert."
„Doch, das muss man sagen, es ist schon um Welten besser geworden. Sie haben es begrünt, einen Pavillon draußen aufgebaut. Einige der Bewohner halfen tatkräftig mit.

Das ist schon schön geworden. Aber man muss sagen, dass die Menschen, die dort leben, nur geringe Zukunftschancen haben. Das macht es einfach schwerer sich an Regeln zu halten oder überhaupt etwas aufzubauen."
Vanessa nickt. Sie weiß, dass ich Recht habe, auch wenn ich ihre Sorgen verstehe. Ich gehe auch nicht gerne in dieses Gebäude. Das hat aber auch andere Gründe. Die Angst, dass ich jemandem mit meinem Auftritt und meinen Vermutungen das einzige Heim nehme, was er haben kann, ist einfach zu groß. Aus diesem Grund bin ich froh, dass ich nicht in Uniform dorthin gehe.
Als wir ankommen, gehen wir direkt zum Sozialdienst. Diese wollen zwar gerade Feierabend machen, doch als wir unsere Dienstausweise zeigen, bittet die Dame uns direkt in ihr Büro.
„Wir möchten gern zu Herrn Brockmann."
Ich möchte nicht lange um den Brei herumreden und erst recht nicht unsere Vermutung aussprechen.
„Das wird nicht mehr möglich sein. Herr Brockmann ist vorgestern nach einer

längeren Krankheitsphase im Krankenhaus verstorben."

Vanessa und ich finden kaum ein Wort.

„Das tut uns leid, leider war das noch nicht in unserem Programm hinterlegt. Dann wollen wir nicht weiter stören. Wir wünschen Ihnen einen ruhigen Feierabend."

Es ist mir sehr unangenehm, das wir das nicht wissen.

Vor der Tür bekomme ich das erste Mal seit Jahren wieder ein Verlangen nach einer Zigarette.

„Wir haben noch viele auf der Liste. Aber für heute sollten wir zurück zur Wache. Es ist nun schon nach achtzehn Uhr. Wir machen gleich morgen früh weiter." Vanessa versucht mich erfolglos zu beruhigen.

„Meinst du, wenn wir wieder ein Paket zur Rechtsmedizin bringen oder wenn die Spurensicherung zusammen mit euch wieder meine Wohnung belagert?

Ich bin es leid. Nicht mal einen Rückzugsort habe ich mehr. Wie lange kann ich mir noch sicher sein, dass der Täter nicht auch in meine Wohnung kommt? Meine Nachbarn,

meine Kollegen, alle reden sie über mich und mein ‚Problem'.
 Glaube mir, das ist alles nicht mehr lustig. Keiner kann mir sagen, wer die Frau ist. Ich arbeite mittlerweile vierundzwanzig Stunden an diesem Fall. Nachts kann ich kaum einschlafen. Immer wieder träume ich, mein Leben lang von Paketen mit Leichenteilen geweckt zu werden. Sie stehen in meiner Küche, sie liegen mit mir im Bett. Der Richter denkt nicht einmal im Traum darüber nach, einer Videoüberwachung zuzustimmen."
Alles bricht mit einem Mal aus mir heraus. Nachdem ich meiner Wut freien Lauf gelassen habe, verspüre ich Mitleid mit Vanessa. Sie kann schließlich am wenigsten für das Ganze .
„Ich glaube dir das. Keiner von uns möchte mit dir tauschen. Wir können nur eines machen. Dir so viel Unterstützung bieten wie möglich. Glaube mir, wenn ich könnte, würde ich noch mehr machen. Aber solange wir keine genauen Anhaltspunkte haben, können wir nicht bis in die Puppen die Verdächtigen befragen. Wir stellen ja bei jedem nur Mutmaßungen an. Da würde uns

jeder Anwalt die Befragung um die Ohren hauen."
Ich hasse es zu wissen, dass sie Recht hat. Dieses Nicht-Weiterkommen bringt mich noch ins Grab.
Auf dem Weg zur Wache dreht sich Vanessa zu mir hin.
„Willst du mit mir ins Schweinske? Ich habe heute nicht eingekauft, und auf Kochen habe ich keine große Lust mehr. Aber nur, wenn du wirklich Lust hast."
„Vielleicht besser als wieder den halben Abend allein in einer Kneipe zu verbringen. Auch wenn der Silbersack gestern wirklich eine nette Abwechslung war."
„Silbersack?
Die Kneipe, die im letzten Jahr mit einer großen Rettungsaktion gesichert wurde? Mein Vater hat immer wieder von Erna gesprochen. Er hat wohl schon während seiner Ausbildung mehr Zeit dort verbracht als zu Hause."
Ich muss lachen. „Dein Vater und ich haben dann ja doch etwas gemeinsam. Ich nämlich auch. Du etwa nicht?"

Vanessa grinst. „Nein, mein Vater hat es mir nicht erlaubt, und meine Mutter hätte wohl einen Herzinfarkt bekommen, wenn sie erfahren hätte, dass ich das mache."

Kurze Zeit später erreichen wir die Wache und gehen nach oben. Martin und Maik sollen schon eine Stunde weg sein. Nachdem ich meine Waffe in den Schrank eingeschlossen habe, machen wir uns zu Fuß auf den Weg zum Schweinske.

Obwohl es Dienstagabend ist, können wir einen Tisch am Fenster ergattern
. Eigentlich ist er für zwei Personen zu groß, aber dafür hat man keine direkten Nachbarn, so dass wir uns ungestört unterhalten können.

Und es ist sehr entspannend sich mit Vanessa zu unterhalten. Ihre Familie scheint eine sehr enge Verbindung zu haben. Ihr Bruder, der auch bei der Polizei ist, hat sich erfolgreich beim SEK beworben und durchläuft dafür nun ein Trainingsprogramm. Zu ihrem Bedauern findet das nicht in Hamburg statt, so dass die Mutter ihre ganze Liebe nun Vanessa zukommen lässt. Auch wenn Vanessa so tut, als würde sie es verabscheuen, hört man aus jedem Wort ihre Liebe heraus.

Da meine Eltern recht früh verstorben sind und ich in einer Jugendwohngruppe vom Rauhen Haus groß geworden bin, kenne ich solche Gefühle nur bedingt. Es macht mir riesigen Spaß ihr zuzuhören. Sie ist keine Person, die in mich dringen oder alles aus mir herausquetschen will.

Die Zeit verfliegt schnell. Als ich das nächste Mal wieder auf die Uhr schaue, sehe ich, dass es schon dreiundzwanzig Uhr ist. Die vier Stunden sind nur so verronnen.

„Wir sollten lieber Schluss machen. Ich muss noch mit der Bahn heimfahren, und morgen früh wollen wir ja schnell wieder starten."

„Ach, Quatsch, ich nehme dich mit. Ich muss ja eh in deine Richtung."

Dankbar nehme ich das Angebot an. Schnell bezahle ich die Rechnung, ehe sie etwas dagegen sagen kann. Aber ihr Blick spricht eine eindeutige Sprache.

„Du hast nun so oft schon Kuchen und Brötchen übernommen", beharre ich. „Das nächste Mal kannst du zahlen. Ich habe da keine Hintergedanken." Natürlich ist das gelogen. Vanessa löst in mir etwas aus, was ich nicht genauer definieren kann. Oder vielleicht will ich es nicht genauer definieren. Im Auto sitzen wir schweigend nebeneinander. Langsam macht sich die Anstrengung der letzten Tage bemerkbar, und ich verspüre eine leichte Müdigkeit. Ein kurzes „Auf Wiedersehen" und sie fährt weg.

Oben vor meiner Wohnung sehe ich, dass glücklicherweise kein weiteres Paket auf meiner Matte liegt. Auch wenn ich weiß, dass das nicht bedeutet, dass es vorbei ist, gehe ich einigermaßen ruhig ins Bett.

7. Kapitel

Gleich nachdem ich aufgewacht bin, gehe ich vor die Tür und hole das neue Paket rein. Es fühlt sich schon beinahe normal an, dass ich ein Paket mit Leichenteilen erhalte.
Das heutige ist riesig im Gegensatz zu den anderen. Durch das Eis darin muss ich richtig arbeiten, um es anzuheben, so schwer ist es. Dieses Mal bleiben mit Sicherheit Fasern von meiner Kleidung daran hängen. Sobald ich es auf dem Küchentisch abgelegt habe, rufe ich Vanessa an. Es braucht keine langen Worte, ihr war auch klar, dass ein neues Paket kommen würde, und sie sichert mir zu, dass sie sich beeilen.

Nicht mal zwei Minuten später klingelt es an der Tür. So schnell können die beiden doch gar nicht hier sein. Wieder ein Körperteil? Als ich die Tür aufmache, steht Frau Ebert davor. *Die hat mir gerade noch gefehlt*, schießt es mir durch den Kopf.
„Herr Eickhoff, ich habe die letzten Tage mitbekommen, dass Sie größere Probleme haben."

Wie hätte sie das auch nicht mitbekommen können?

„Heute Nacht konnte ich nicht schlafen, und so gegen drei Uhr habe ich einen Krach im Treppenhaus gehört. Sie nicht? Nachdem ich an der Tür war, konnte ich leider niemanden mehr sehen. Also bin ich in mein kleines Ankleidezimmer gegangen. Das ist gleich vorne an der Wohnungstür und schaut auf die Straße raus, wissen Sie. Auch wenn ich nicht viel sehen konnte, vielleicht hilft es ihnen. Draußen sah ich jemanden recht schnell weggehen. Ich bin mir nicht sicher, ob er es war, denn ich habe ihn nicht aus unserem Haus kommen sehen. Aber er war der Einzige, der auf der Straße war."

Ich spüre ein Kribbeln in meinem Körper. Jede Kleinigkeit kann uns helfen, da bin ich mir sicher.

„Frau Ebert, wieso haben Sie mich denn nicht heute Nacht geweckt? Denn mit Sicherheit können Sie uns helfen." Ich bin entsetzt, vielleicht hätte heute Nacht noch eine Fahndung stattfinden können.

„Ich war mir so unsicher, Herr Eickhoff, Sie kommen immer erst so spät nach Hause, und dann haben Sie vielleicht nicht genug geschlafen. Was ist außerdem, wenn es gar nicht so wichtig ist?"

Als ob das tägliche Polizeiaufgebot nicht schon Anzeichen genug wäre, dass die Angelegenheit wichtig ist. Um keinen unnötigen Streit hervorzurufen, versuche ich versöhnlich zu lächeln.

„Frau Ebert, es wird gleich einer meiner Kollegen zu Ihnen kommen, um Ihre Aussage aufzunehmen."

Man sieht ihr ein wenig an, dass sie enttäuscht ist, dass ich sie nicht in meine Wohnung einlade. So viel kann sie mir gar nicht helfen, dass ich sie gerne in meiner Wohnung hätte.

Außerdem macht es sich für mich besser, wenn zumindest einer der Kollegen dabei ist. Nicht, dass nachher jemand sagt, ich hätte sie beeinflusst oder gar genötigt eine Aussage zu tätigen. Glücklicherweise geht sie ohne Widerworte zurück in ihre Wohnung.

Als es zehn Minuten später wieder klingelt, stehen Vanessa und ihr Vater vor der Tür.

„Heute ist es ein großes Paket. Und wir haben eine Zeugin. Auch wenn Frau Ebert

nicht viel gesehen haben will, vielleicht hilft es uns doch."
Meine Stimme zittert regelrecht vor Erregung. Das erste Mal, seitdem es angefangen hat, schöpfe ich Hoffnung.
„Das hört sich doch mal gut an.
Thomas, ich gehe rüber zu Frau Ebert, und du und Martin öffnet das Paket. Wenn es groß ist, sollten wir die Spurensicherung bitten, eine Kältebox in der richtigen Größe vorbeizubringen."
Martin und ich nicken zustimmend.
„Es ist wirklich sehr groß, außerdem vermute ich, es könnten Fasern meiner Kleidung daran hängen. Als ich es in meine Küche getragen habe, ist das Paket hin und wieder gegen meinen Pullover gestoßen. Ich bin sehr gespannt. Hoffentlich können wir damit endlich mal mehr anfangen."
Nachdem wir unsere Handschuhe übergezogen haben, öffne ich vorsichtig das Paket. Wieder liegen Unmengen Eiswürfel drauf. Einiges ist schon geschmolzen. Rötliche Rinnsale finden einen Weg durch das Eis.

Ich finde, es ist wenig Blut für so ein großes Körperteil, aber bei den anderen war es ja auch nie viel. Wahrscheinlich lässt der Täter die Körperteile vorher ausbluten.
Seltsam.
Wenn Frau Ebert Recht hat, dann liegt das Paket seit fast vier Stunden vor der Tür.
Dafür ist erst wenig von dem Eis geschmolzen.
„Schau mal, der Täter hat dieses Mal Alufolie um das Paket gewickelt. Außerdem hat er augenscheinlich größere Würfel benutzt."
Martin hat Recht. Klar, Alufolie verlangsamt das Schmelzen der Eiswürfel, und wenn diese dann auch noch größer sind, dauert es um einiges länger.
„Ich hatte mich auch schon gewundert, dass es weniger feucht von außen ist als sonst. Aber das erklärt es ja."
Vorsichtig nehme ich das Eis zur Seite. Es kommt ein Oberschenkel mit Knie zum Vorschein.
Mein erster Blick fällt auf einen türkisfarbenen Schmetterling genau auf dem Knie.
Mir wird schwarz vor Augen.

„Larissa! Das ist Larissa!"
Mir wird schwindelig, und ich spüre nur noch, dass Martin mich am Arm festhält, bevor er mir einen Stuhl hinstellt. Als ich langsam wieder zu Atem komme, sehe ich, dass auch Vanessa wieder da ist.
„Thomas, wer ist Larissa?
Diesen Namen hast du beim Anblick des Schenkels erwähnt."
Martins Stimme hört sich auch sehr aufgeregt an.
Tief durchatmend, setze ich zum Sprechen an. „Ich vermute, dass das Larissa Bretthauers Schenkel und Knie sind. Wir sind gemeinsam auf der Polizeischule gewesen. Während dieser Zeit waren wir ein Paar. Kurz vor dem Ende der Ausbildung habe ich Schluss gemacht. Ich hatte Sorgen, dass ich die Prüfung nicht schaffen würde, wenn ich weiterhin mit ihr zusammen wäre. Nach der Ausbildung habe ich sie nie wieder gesehen.
 Ich glaube, sie hat Hamburg verlassen. Aber ihre Eltern werden bestimmt noch hier sein. Hamburger Urgesteine, beide. Ich kann mir nicht vorstellen, dass sie umziehen würden."

„Thomas, an was machst du das fest?"
Vanessas Stimme hört sich dieses Mal sehr fordernd an. Aber ein Polizistenmord ist schließlich auch nochmal eine andere Hausnummer als ein normaler Mord.
„Der Schmetterling. Ich habe sie damals immer damit aufgezogen. Man muss dazu wissen, dass sie eine der richtig harten Kolleginnen war. Wir haben immer gewettet, dass sie einmal eine Karriere bei der Bereitschaftspolizei macht. Sie hätte es mit hundert Hooligans allein aufnehmen können."
Während ich über Larissa spreche, steigt in mir das Bild von ihr auf. Wie oft habe ich diesen Schmetterling gestreichelt, wenn ich mit ihr allein war? Nun verstehe ich auch, wieso die Haut am Fuß weggenommen wurde. Sie hatte am Knöchel ein Ying-und-Yang-Zeichen. Daran hätte ich sie auch widererkennen können. Warum wollte das der Täter nicht?
„Nach ihr kamen immer nur kurze Bekanntschaften. Oft habe ich es bedauert mich von ihr getrennt zu haben. Aber ich hatte immer nur meine Karriere im Blick.

Wieso sollte man sie umbringen, um mir dann ihre Körperteile zu senden? Über zwanzig Jahre habe ich sie nicht mehr gesehen oder mit ihr gesprochen."

„Sobald die Spurensicherung fertig ist, werden wir eine Personenabfrage machen. Vielleicht gilt sie ja als vermisst.

Auch wenn wir das jetzt schon machen könnten, werden wir nicht schneller, denn wir können von hier aus keine Übereinstimmungen zu den Verdächtigen abfragen, die wir bis jetzt haben."

Ich weiß, dass sie Recht hat, aber ich würde am liebsten sofort Gewissheit haben. Wenn es wirklich Larissa ist, können wir den Fall rückwärts aufrollen. Mit aller Wahrscheinlichkeit wird der Täter mit uns gemeinsam in der Polizeischule gewesen sein.

Über mein Grübeln habe ich nicht mitbekommen, dass die Spurensicherung in meine Wohnung eingetreten ist. Aber die Geräusche reißen mich aus meinen Gedanken.

„Vanessa, was hat Frau Ebert gesagt?"

Ich erinnere mich wieder, dass meine Nachbarin ja jemanden gesehen hat.

„Leider nicht allzu viel, das Licht auf der Straße ist nicht sehr gut. Wir werden sie aber dennoch mit auf die Wache nehmen. Vielleicht kann einer der Zeichner ein besseres Bild erstellen. Ich bin nicht so gut darin, Erinnerungen zu reaktivieren und das Aussehen einer Person zu erarbeiten.

Sobald die Spurensicherung mit dem Paket weg ist, fahren wir zu viert auf die Wache. Die innerliche Unruhe steigt, je näher wir kommen. Ich verabschiede mich nur knapp von Frau Ebert und laufe hoch in mein Büro. Immer zwei Stufen nehmend. Die Kollegen, die ich auf dem Weg dorthin treffe, nehme ich kaum wahr.

Oben in meinem Büro stelle ich den PC an. Da dies immer länger dauert, nutze ich die Zeit und gehe in die Kaffeeküche, um Vanessa und mir einen Kaffee einzuschenken. Zurück im Raum erinnere ich mich, dass wir ja auch Frau Ebert dabeihaben.

„Möchten Sie einen Kaffee haben, solange wir auf den Zeichner warten?" Auch wenn

ich am liebsten sofort an den PC möchte, versuche ich minimal Anstand zu wahren. Glücklicherweise übernimmt Vanessa die Aufgabe und bringt Frau Ebert in den Besprechungsraum, wo sie warten soll.
Nachdem ich die Personenabfrage geöffnet habe, gebe ich Larissas Namen ein. Glücklicherweise fällt mir ihr Geburtsdatum wieder ein. Wie immer brachte es mich zum Lächeln, denn sie war ein Nikolauskind. Der sechste Dezember. Beim Jahr bin ich mir unsicher, aber zum Glück gibt es nicht viele Larissa Bretthauers, die zudem in Hamburg geboren sind.
Als Vanessa wieder reinkommt, bricht es sofort aus ihr heraus.
„Gibt es zu Larissa eine Vermisstenanzeige?"
Nein, aber ich habe ihre Wache herausgefunden. Bevor wir ihre Eltern vielleicht unnötig beunruhigen, sollten wir die Kollegen in Wismar, wo sie nun arbeitet, anrufen. Ich hoffe innerlich noch, dass ich mich irre."
Ihr Gesicht zeigt mir, dass sie genauso denkt. In dem Gespräch mit der Wache in Wismar, wo Larissa eigentlich arbeitet, erfahre ich,

dass sie derzeit ein Sabbatjahr macht. Ihre Kollegen wissen, dass sie in Hamburg ist. Sie wollte dort ein Jahr lang näher an ihren Eltern sein. Sie hat sich bis vor drei Wochen noch regelmäßig bei einer Freundin, die gleichzeitig eine Kollegin ist, gemeldet.
Das Letzte, was sie wissen, ist, dass sie wohl Urlaub machen wollte. Seitdem hat keiner mehr etwas von ihr gehört. Die Kollegen aus Wismar geben mir ihre aktuelle Telefonnummer, und ich muss versprechen, sobald ich etwas Neues erfahre, mich bei ihnen zu melden.
Bevor ich die Nummer von Larissa wähle, muss ich tief durchatmen. Nach so vielen Jahren und der nicht so schön verlaufenen Trennung, fällt es mir schwer, sie anzurufen. Aber Vanessa versucht mich mit einem Lächeln aufzumuntern. Mit zittrigen Händen wähle ich die Nummer und bete, dass sie abnimmt.
Es ist nicht einmal ein Freizeichen zu hören, sondern es springt die Mailbox an. Meine Hoffnungen schwinden. Mit zittriger Stimme spreche ich auf die Mailbox und bitte sie dringend zurückzurufen.

„Nichts, sie geht nicht ran. Wir müssen, damit wir keine Zeit verlieren, ihre Eltern aufsuchen. Auch wenn es ein verdammt schwerer Gang werden wird. Ilse und Günther hatten mich damals wie einen Sohn angenommen. Ich habe mich nicht einmal verabschiedet.
Ich war echt ein Arsch, wenn ich mal direkt sein darf. Wenn Larissa nun meinetwegen auch noch getötet wurde – wie kann ich ihnen jemals wieder unter die Augen treten?"
„Thomas, ich kann dir da nicht viel helfen, diesen Weg musst du gehen. Aber du gehst ihn nicht alleine. Ich bin dabei. Wenn sie damals so herzlich waren, dann werden sie dich mit Sicherheit heute nicht verurteilen. Um es schnell zu beenden, habe ich die Adresse der beiden schon mal herausgeschrieben. Sie wohnen in der Nähe des Goldbekufers. Wir fahren nun gemeinsam hin. Vielleicht haben wir ja Glück und alle sitzen gemeinsam bei Kaffee und Kuchen, und wir haben uns umsonst solche Sorgen gemacht.

8. Kapitel

Glücklicherweise übernimmt Vanessa das Fahren. Ich wäre vor lauter Aufregung nicht in der Lage, das Auto auch nur im Ansatz auf der geraden Strecke zu halten.
Nach dreißig Minuten erreichen wir die Adresse.
Die beiden wohnen da, wo sie schon vor fünfundzwanzig Jahren gelebt haben.
„Diese alten Schuhmacherhäuser sind wirklich beengend, oder kommt mir das heute nur so vor?"
Ich versuche mich ein wenig in Smalltalk, damit ich mich ablenken kann. Vor der Wohnungstür überkommt mich der starke Wunsch, wegzurennen.
„Atme einmal ein und aus. Dann klingeln wir. Ich denke nicht, dass dir einer den Kopf abreißt."
Es dauert nur einen kurzen Moment, bis die Tür geöffnet wird.
 Als wir den zweiten Stock erreicht haben, erschrecke ich mich.
 Die letzten fünfundzwanzig Jahre sind an Ilse nicht spurlos vorbei gegangen. Sie ist

stark gebeugt, ihre Haare ergraut, und tiefe Falten zeichnen ihr Gesicht.

Als sie mich erkennt, erstrahlt ihr Gesicht. Sie kann immer noch so herzlich lächeln.

„Thomas, ich freue mich! Wie lange haben wir dich nicht mehr gesehen? Günther und ich haben es sehr vermisst, stundenlang mit dir über Politik zu reden. Komm doch rein. Günther, schau mal, wer da ist. Das wirst du nicht glauben!

Wir waren so traurig, dass du und Larissa nicht mehr zusammen seid. Kurze Zeit später hat Larissa Hamburg verlassen. Das war besonders schlimm für uns. Ach, ich plappere hier so vor mich hin. Möchtest du uns nicht die junge Dame vorstellen, mit der du da bist?"

Wir haben das Wohnzimmer erreicht. Günther, der im Rollstuhl sitzt, sieht mich mit erwartungsvollem Blick an.

„Hallo Günther, es tut mir leid, dass wir einfach so hier hereinplatzen. Meine Kollegin Vanessa Heinze und ich suchen Larissa. Wisst ihr, wo sie ist?"

Ilse, die sich auf das Sofa setzt, atmet hörbar ein.

„Heißt das, ihr seid dienstlich hier? Larissa ist nicht da. Sie ist mit ihrem neuen Freund in den Urlaub gefahren. Günther, nach Bali wollten sie, oder?"

Ihr Mann nickt nur zustimmend. Gegenüber Fremden war er noch nie ein Freund der großen Worte gewesen. Ich sehe ihm an, dass er gerne eine Erklärung für mein damaliges Verhalten hätte. Aber heute bin ich nicht in der Lage ihm diese Erklärung zu bieten.

„Aber wieso fragst du?" Ilse drängt mich zu einer Antwort.

Mir fehlen die Worte, um darauf zu antworten. Ich halte den Blick von Günter kaum noch aus. Vanessa, die das spürt, übernimmt das Gespräch.

„Frau Bretthauer, wir möchten Sie nicht unnötig aufregen. Haben Sie vielleicht eine Nummer, unter der wir Ihre Tochter auf Bali erreichen können? Wir haben versucht, sie auf dem Handy zu erreichen, leider ist nur der Anrufbeantworter angesprungen."

Ilse schüttelt den Kopf.

„Leider nein, wir wundern uns selber ein wenig. Normalerweise telefonieren wir immer einmal die Woche mit ihr. Seitdem sie

weggeflogen ist, hat sie sich nicht mehr gemeldet.
Ihren neuen Freund haben wir leider auch nie kennengelernt. Das hat uns schon stutzig gemacht. Wir haben immer jeden Mann, mit dem es ernster wurde, kennengelernt. Diesen aber nicht. Wir wissen ja, sie ist erwachsen, also haben wir nicht darauf bestanden. Nun kommen Sie, und ich sehe meine schlimmsten Befürchtungen bewahrheitet."
Nach einer kurzen Pause führt Vanessa das Gespräch weiter. „Für wie lange wollte sie denn nach Bali? Wissen Sie, wann und mit welcher Gesellschaft ihre Tochter geflogen ist? Haben Sie sie vielleicht sogar zum Flughafen gebracht?"
„Wissen Sie, mein Mann hatte einen schweren Schlaganfall und ist seitdem an den Rollstuhl gefesselt. Ich lasse ihn nur noch ungern lange alleine. Meine Tochter hatte aus diesem Grund schon am Vorabend bei ihrem Freund geschlafen und ist dann direkt von dort aus mit ihm zum Flughafen gefahren. Mit welcher Gesellschaft sie geflogen ist? Nein, das weiß ich leider nicht. Wir wissen nur, dass sie am achtzehnten

September geflogen ist. Am sechszehnten Oktober will sie wieder in Hamburg sein. Aber wieso fragen Sie uns all das? Sie machen mir Angst."

Vanessa und ich sehen uns an. Aber ich kann Ilse und Günther nicht mehr belügen und mische mich in das Gespräch ein.

„Ilse, ich möchte dir noch nichts Genaueres sagen, wir hoffen noch, dass wir uns irren. Es liegt uns die Vermutung vor, eurer Tochter könnte etwas zugestoßen sein.

Wir möchten dies gerne ausschließen. Habt ihr vielleicht eine Zahnbürste oder eine Haarbürste? Irgendetwas in die Richtung, damit wir einen DNA-Test machen können?"

Ich hoffe, dass Ilse und Günther diese Aussage reicht.

„Was meinst du genau, Thomas?"

Günthers Stimme hört sich brüchig an. Der Schlaganfall hat nicht nur äußerlich tiefe Spuren hinterlassen.

„Günther, sei so gut und glaube mir. Sobald ich Genaueres erzählen kann, werde ich es machen. Aber noch hoffe ich, dass es nicht Larissa ist. Ich weiß, ich habe euch damals sehr verletzt, das soll sich heute nicht

wiederholen. Solange ich also nichts Genaueres weiß, möchte ich nicht ins Detail gehen.
 Wir alle hoffen noch, dass es ein Zufall ist."
Ich bin erleichtert, dass beide nicken. Ilse steht auf und geht ins Bad. Glücklicherweise kommt sie mit einer Zahnbürste und einer Bürste wieder. Wenn es wirklich die von Larissa ist, können wir zügig einen DNA-Vergleich erstellen lassen.
„Bei der Bürste kann es sein, dass auch meine Haare dabei sind. Ich bin manchmal morgens leicht fahrig und verwechsle die Bürsten. Ich hoffe, das ist nicht so tragisch."
Man sieht Ilse an, dass sie aufgeregt ist.
„Wenn es Ihnen Recht ist, würden wir gerne eine Haarprobe von Ihnen mitnehmen. Dann sind wir für die Rechtsmedizin auf der sicheren Seite." Vanessa versucht, beruhigend auf Larissas Mutter einzureden. Nachdem wir alles eingetütet und für die Rechtsmedizin beschriftet haben, verabschieden wir uns.
„Ihr sagt aber sofort Bescheid, wenn ihr wisst, ob unserer Tochter etwas zugestoßen

ist? Wir werden mit Sicherheit eingehen vor lauter Sorgen."
„In jedem Fall. Wir werden uns morgen im Laufe des Mittags melden.
Auch wenn es nicht Larissa ist, was wir alle hoffen."
Ich nehme Ilse beruhigend in den Arm.
Von Günther verabschiede ich mich mit einem Händedruck. Es tut mir so weh in seine Augen und die Trauer darin zu sehen. Dass dies nicht nur mit der Angst um seine Tochter zu tun hat, ist mir klar.
Nachdem wir die beiden verlassen haben, habe ich nur noch den Wunsch, alles zum Universitätsklinikum Eppendorf zu bringen, in der Hoffnung, dass es zügig bearbeitet wird. Vanessa unterbricht meine Gedanken.
„Es ist doch beängstigend, oder? Es passt ja, dass sie jetzt weg ist. Wieso hat sie den neuen Freund nicht vorgestellt? Augenscheinlich hat sie eine enge Verbindung zu ihren Eltern, und dann ruft sie bald drei Wochen lang nicht mehr bei ihnen an?"
„Vanessa, wenn man frisch verliebt ist, dann ruft man vielleicht nicht mehr an. Sie hat vielleicht anderes im Kopf."

„Aber was ist, wenn sie und ihr Freund Opfer geworden sind? Wo sind dann die Leichenteile von ihm? Vielleicht vermisst ihn auch jemand."

Sie kann Recht haben, aber was ist, wenn es anders ist?

„Was ist, wenn er nicht ein Opfer, sondern der Täter ist? Vielleicht haben die beiden sich schon früher gekannt, aber sind erst jetzt zusammengekommen. Ich meine, wir müssen immer noch davon ausgehen, dass es einen Zusammenhang mit mir gibt, oder? Wir sollten auf alle Fälle nachher mit Herrn Willhuber über die neuesten Ergebnisse sprechen."

„Thomas, wir müssen in alle Richtungen ermitteln. Mit Herrn Willhuber sollten wir erst morgen reden. Es wird bereits nach achtzehn Uhr sein, wenn wir von der Rechtsmedizin auf der Wache angekommen sind. Dann wird er bereits im Feierabend sein.

Wir sollten jetzt Maik und Martin anrufen und sie bitten eine Abfrage am Flughafen zu tätigen, um herauszufinden, ob sie abgeflogen ist. Wenn wir dann vom

Universitätsklinikum Eppendorf zurück sind, können wir alles soweit zusammentragen."
Bei einem schnellen Anruf klärt sie mit Martin das weitere Vorgehen.
„Sag mal, ist das nicht komisch, dass du deinen Vater auf der Arbeit immer Martin nennst?"
Ich weiß nicht, wieso ich das frage. Es passt eigentlich gar nicht, aber ich will mich ablenken.
„Nein, mein Vater fand es immer doof, wenn ich ihn Papa oder noch schlimmer Papilein genannt habe. Also beschloss er, als ich zwölf Jahre alt war, dass ich ihn Martin nennen solle. Meine Mutter ist fast ausgerastet, sie fand das so unpersönlich. Danach haben wir Kinder ihn alle so genannt. Heute nenne ich ihn manchmal Papa oder Papilein, um ihn zu ärgern.
 Das würde ich natürlich nie während der Arbeit machen. Es war so oder so schon schwierig in die Abteilung zu kommen, solange mein Vater auch dort arbeitet. Dann aber auch noch ausgerechnet seinen Posten zu bekommen, war ein großer Kampf. Man

denkt ja dann doch immer gleich an Vererbung von Posten. Glücklicherweise wussten die Dozenten an der Schule damals nicht, dass mein Vater beim Dezernat für interne Ermittlungen arbeitet. Sie wussten natürlich, dass ich aus einer Polizistenfamilie komme, aber nicht, in welchen Bereichen meine Verwandten arbeiten.
Die wenigsten im Dezernat kennen unser Verhältnis. Wenn ich Mist baue, staucht mich mein Vater genauso zusammen wie jeden anderen. Lob gibt es sowieso nicht, denn es ist unser Job keine Fehler zu machen. Also würde auch niemand auf die Idee kommen, dass wir verwandt sind."
Das kann sogar ich mir vorstellen. Martin ist ein Polizist der alten Schule. Schade, dass es nicht mehr viele von dieser Art gibt.
Leider hat die Rechtsmedizin zu dem Oberschenkel keine neuen Informationen, weil ein dringender Fall dazwischen gekommen ist. Sie versprechen uns, morgen früh als Erstes den DNA-Vergleich zu erstellen. Heute schaffen sie es leider nur noch, die DNA aus den von uns mitgebrachten Proben zu extrahieren.

Ich versuche noch einmal Druck in den Fall zu geben.

„Das heißt, wir können gegen Mittag mit dem Ergebnis rechnen? Es ist sehr dringend, wir haben ein älteres Ehepaar, welches nun auch auf die Ergebnisse wartet. Außerdem können wir anders an den Fall rangehen, wenn wir wissen, ob es Larissa Bretthauer ist."

„Ja, damit können Sie rechnen. Sie werden morgen den Bericht zu dem Auge und zu dem Oberschenkel mit Knie haben. Sollten Sie noch mehr Körperteile haben, wir sind das ganze Wochenende da." Mit einem entschuldigenden Blick fügt der Kollege hinzu: „Derzeit ist in Hamburg die Hölle los. Dabei finden gerade keine großen Straßenfeste oder Ähnliches statt."

Um zwanzig Uhr sind wir endlich zurück auf der Wache. Ich befürchte, dass Martin nicht mehr da ist. Immerhin hat der Tag auch für ihn um acht begonnen. Aber ich täusche mich. Als ich mein Büro betrete, sitzt er am Schreibtisch und telefoniert mit der Sicherheit des Flughafens.

„Natürlich weiß ich, dass Sie eigentlich einen Beschluss brauchen. Den bekommen wir auch mit Sicherheit. Aber Sie würden vieles beschleunigen, wenn Sie einmal kurz Ihren Computer anwerfen und den Namen Larissa Bretthauer eingeben." Einige Sekunden herrscht Stille. Man sieht seinem Gesicht an, dass er genervt ist.

„Ja, wir vermuten, dass Frau Bretthauer Opfer einer Gewalttat geworden ist. Sollte Sie aber, wie die Eltern uns mitteilten, nach Bali geflogen sein, können wir diese beruhigen."

Tief durchatmend antwortet er auf eine augenscheinliche Frage des anderen. „Nein, wenn Frau Bretthauer am sechsten zwölften neunzehnhundertachtundsechzig geboren wurde, dann ist sie nicht mehr minderjährig, und ja, ich weiß, dass sie das Recht hat zu verreisen.

Darum geht es uns auch gar nicht. Wir möchten nur gerne ausschließen, dass sie Opfer einer Gewalttat wurde. Sie würden allen die Arbeit erleichtern, wenn Sie es eintippen und mir ein ‚Ja' oder ein ‚Nein' sagen würden."

Martin nickt und schweigt, als würde der Gegenüber das sehen können. Ich muss lächeln. Nach einigen Sekunden lächelt auch Martin.
„Ich danke Ihnen. Ja, ich warte."
An uns gerichtet hebt er entschuldigend die Schultern.
„Es hat ein wenig länger gedauert. Der Abteilungsleiter ist schon im Feierabend und der Herr war sich unsicher, ob er mir die Auskunft geben darf. Aber er macht nun eine Abfrage für zwei Tage vor eurem Termin, an dem Termin und zur Sicherheit zwei Tage danach."
In mir macht sich ein nervöses Prickeln breit. Auf und ab laufend, warte ich auf die Antwort. Ich hoffe, es stellt sich heraus, dass sie abgeflogen ist und ihren Urlaub auf Bali genießt.
„Sie sind sich sicher?
Okay, vielen Dank für die Informationen. Machen Sie sich keine Sorgen, Sie bekommen dafür auch keinen Ärger. Ich wünsche Ihnen noch einen ruhigen Dienst." An seinem Gesicht kann ich erkennen, dass er keine guten Nachrichten hat.

„Der Name Larissa Bretthauer steht auf keiner Passagierliste. Sie hat nicht mal einen Flug gebucht."
„Das kann ich mir nicht vorstellen, sie würde ihre Eltern nie belügen."
Vanessa dreht sich zu mir. „Vielleicht dachte sie wirklich, dass sie fliegen wird. Vielleicht sollte jemand anderes die Tickets buchen, tat dies aber nicht?"
Sie hat Recht, auch für mich ist das die einzige schlüssige Erklärung.
„Wir sollten unser Vorgehen für morgen besprechen, ehe wir Feierabend machen. Leider konnte Maik heute nicht länger im Dienst bleiben. Aber er meinte, er ist morgen spätestens um acht hier. Ich werde dann auch da sein. Solltest du wieder ein Paket bekommen, wird Vanessa mit einem Kollegen der Inneren zu dir kommen. Wir sollten nicht wieder so viel Zeit verschwenden."
Martin spricht mir da aus vollstem Herzen, auch wenn es mich nervt, dass noch jemand in mein Privatleben eindringen wird.
Vanessa, die anscheinend wieder spürt, dass es mir nicht gefällt, dass noch jemand in

meine Wohnung kommen könnte, unterstützt Martin.
„Das ist eine gute Idee. Morgen können wir gleich vormittags zur Polizeischule. Vielleicht sind noch einige Dozenten aus deiner Zeit da, so dass sie uns ein paar Tipps geben können. Wenn sie so eine taffe Frau war, wie du sie beschrieben hast, dann könnte es ja sein, dass sich der eine oder andere noch an sie erinnert."
Nachdem wir uns auf diesen Plan geeinigt haben, fragt mich Vanessa draußen vor der Wache, was ich heute noch vorhabe.
„Ich denke, ich werde nochmal in den Silbersack gehen.
Es hat mir sehr gut getan."
„Silbersack? Du kennst den Silbersack? Ach, da kommen gleich wieder Erinnerungen von früher hoch. Wenn du Lust hast, können wir dich begleiten. Meine Frau hatte mir immer verboten, Larissa dahin mitzunehmen. Vielleicht kann ich es ihr ja als Recherchearbeit verkaufen."
Seltsamerweise wird mir Martin immer sympathischer. Dieser gestandene Polizist,

der eine Ausrede braucht, um mit seiner Tochter in eine Kneipe gehen zu dürfen.
„Na klar, nimm mich gerne als Vorwand. Ich würde mich freuen, den Abend nicht alleine zu verbringen."
Meine Worte erstaunen mich selbst. Nie habe ich bemerkt, dass ich mich einsam fühle. Ich schiebe dieses Gefühl auf die allgemeine Situation.
Der Abend ist noch lustig geworden. Martin erzählte viele lustige Anekdoten aus seiner beruflichen Laufbahn, und das eine oder andere Mal bin ich mit einer meiner eigenen eingestiegen.
Es hat so gut getan, für einen Moment all die Sorgen zu vergessen. Doch zuhause kommt alles hoch. Ich traue mich kaum, ins Haus zu gehen. Innen muss ich sofort nachsehen, ob wieder etwas da ist. Glücklicherweise steht nichts auf der Treppe oder vor der Tür. Auch wenn ich mir sicher bin, dass morgen früh wieder ein Paket da sein wird.
 Aber morgen werden wir sicher sein, wer die Frau ist.

9. Kapitel

Am nächsten Morgen, als ich einen Blick aus meiner Tür werfe, liegt kein Paket da. Der Täter scheint sich sicher zu sein, dass wir mittlerweile wissen, wer die Leiche ist. Er muss also mich und Larissa gut genug kennen, um das einschätzen zu können. Dieser Gedanke macht mir große Angst. Doch heute werden wir weiterkommen. Aus diesem Grund mache ich mich zügig fertig. Da ich gestern vergessen habe, nach Post zu sehen, hole ich es heute nach. Als ich den Briefkasten aufmache, fällt mir ein Brief in die Hand. Wieder fehlt der Absender. Meine Adresse ist wie bei den Paketen mit einem Computer geschrieben.
Es nimmt also doch kein Ende. Ich finde nicht, dass Martin und Vanessa wegen eines Briefes zu mir kommen müssen. Aber selbstverständlich informiere ich sie, dass ich diesen zur Spurensicherung bringen werde. Wir vereinbaren, dass wir uns direkt dort treffen.
Da es vermutlich wieder spät werden wird, nehme ich heute mein Auto. Bei den

Kollegen der Spurensicherung werde ich schon mit Namen begrüßt. Dass sie damit ein Unbehagen bei mir auslösen, verstehen sie anscheinend nicht.

In der Zeit, in der der Brief auf Fingerabdrücke untersucht wird, treffen Martin und Vanessa ein.

„Kein Leichenteil dieses Mal?"

Als ich verneinend meinen Kopf schüttele, spricht Martin weiter.

„Dann scheint der Täter zu wissen, dass wir ahnen, dass es Larissa Bretthauers Körperteile sind." Wir nicken alle. Augenscheinlich sind wir uns alle einig. Endlich ist die Spurensicherung fertig, und wir können den Brief öffnen. Es steht nur ein einziger Satz auf der DIN A4 Seite.

‚Liebe kann nach vielen Jahren noch schmerzen'

Woher weiß dieses Schwein, dass es mir so weh tut, meine Ex-Freundin tot zu wissen?

„Na ja, das ist ja eine allgemeine Aussage. Natürlich ist man verletzt, wenn die Ex-Freundin ermordet wird. Ich weiß nicht, was er damit bezweckt." Vanessa hat wieder mehr Weitblick als ich.

„Für den Rest haben wir euch schon einmal die vorläufigen Berichte zugesandt. Sie sollten alle in euren E-Mail-Fächern sein. Ich wünsche euch ein ruhiges Wochenende. Versucht ein wenig abzuschalten, wenn ihr frei haben solltet."
Toll, der Kollege hat auch noch Sinn für Humor. Erstens werde ich nicht frei haben. Zweitens: Wie soll ich abschalten? Hier geht es um eine Kollegin. Vanessa, die meine innere Aufregung spürt, legt mir eine Hand auf die Schulter. Vor der Tür lächle ich sie an.
„Danke, ich erkenne mich manchmal kaum wieder. Die Kollegen bringen mich mit ihrer Unbeschwertheit auf die Palme.
 Klar, ich bin bei anderen Fällen auch nicht anders. Aber dieses Mal bemerke ich richtig, wie scheiße dieses Verhalten ist. Können nicht alle ein wenig sensibler werden? Meines Erachtens müssen wir darin besser geschult werden."
Auf der Wache gehe ich ohne die Kollegen zu grüßen nach oben. Kaum habe ich mein Büro betreten, rufe ich meine E-Mails auf. Es liegt nicht nur der Bericht der

Spurensicherung vor, sondern auch der der Rechtsmedizin.

Ich traue mich kaum, die Nachricht zu lesen. Mir ist zwar klar, dass es niemand anderes sein kann als Larissa, aber die Angst, es Schwarz auf Weiß zu lesen, lähmt mich. Glücklicherweise geht in dem Moment die Tür auf und Martin und Vanessa betreten den Raum.

„Der Bericht von der Rechtsmedizin ist da. Ich mag ihn kaum öffnen. Vielleicht sollte ich mir erst einen Kaffee holen."

„Vanessa, du hast einen schlechten Einfluss auf den Kollegen. Du und dein Immer-einen-Kaffee-trinken-müssen. Nun fängt Thomas auch noch damit an."

Ich muss darüber so lachen, dass mir fast der Magen schmerzt. Martin hat Recht. Bevor ich mit Vanessa gearbeitet habe, habe ich nie so viel Kaffee getrunken. Aber es scheint zu wirken, danach fühle ich mich immer gestärkt.

„Vanessa hat eben einen guten Einfluss auf uns alle." Martin und Vanessa nicken mir zustimmend zu.

„Weißt du was, Thomas, du holst für uns alle Kaffee, und Martin und ich werden die E-Mail öffnen. Ich kann es mehr als gut nachvollziehen, dass du damit Probleme hast. Vermutlich könnte ich es auch nicht. Auch wenn wir uns sicher sind, was darin stehen wird."

Dankbar nehme ich das Angebot von Vanessa an, gehe in die Küche und hole Kaffee. Als ich zurückkomme, müssen die beiden nichts sagen. Ihre Blicke sagen alles.

„Es ist also sicher, dass es Larissa ist?"

Beide nicken.

„Laut dem Bericht der Rechtsmedizin ist es zu neunundneunzig Prozent gesichert. Mehr gibt es ja nicht an Sicherheit. Wir sollten noch Maik dazu holen und unser weiteres Vorgehen besprechen."

Am liebsten wäre ich allein, aber wir müssen weiterkommen. Also stimme ich zu.

„Am besten ist es, wenn Maik und ich mit der Dienststelle in Wismar telefonieren und die Kollegen dort vor Ort auf den neusten Stand bringen. Dann müssen wir Herrn Willhuber auch einen Bericht zukommen lassen. Vielleicht kann er uns auch nochmal neue Tipps geben. Auch wenn ich glaube, dass wir nun wirklich einen guten Ansatzpunkt haben, um herauszufinden, wer der Täter sein könnte. Auch würde ich es gutheißen, wenn wir beim Richter Druck ausüben, bezüglich der Videoüberwachung." Maik, der kurz zuvor leise den Raum betreten hat, unterbricht Martin in seiner Ausführung.

„Herr Mayer, ich glaube kaum, dass wir eine Videoüberwachung durchbekommen. Es ist eine Sache, wenn wir den Hausflur von Thomas überwachen. Aber nun wollen Sie eine öffentliche Straße beobachten lassen. Natürlich sind die Auflagen auf St. Pauli nicht so hoch wie in anderen Stadtteilen, aber die Simon-von-Utrecht-Straße unterliegt nicht dem Überwachungsareal."

Natürlich hat Maik Recht, aber ich finde, wir müssen es versuchen. Es ist gar nicht so typisch für ihn, immer alles so negativ zu sehen. Vielleicht geht der Fall ihm auch so an die Nerven wie mir und dem Rest des Teams.

„Ja, da könnten Sie Recht haben, aber wenn wir es nicht versuchen, werden wir es auch nie rausbekommen. Dann sollten Vanessa und Thomas bis vierzehn Uhr bei der Polizeischule gewesen sein. Möglichst gegen elf Uhr."

Als er meinen fragenden Blick auffängt, geht er weiter ins Detail.

„Ich war gestern Abend schon so frei und habe einen Seelsorger beauftragt, sich für heute um fünfzehn Uhr verfügbar zu halten. Er hat die Uhrzeit und die Adresse. Ich werde es nochmal bestätigen. Es steht heute auf jeden Fall der schlimme Gang der Überbringung der Todesnachricht an. Dies sollten Thomas und Vanessa machen. Thomas, du solltest dabei sein, denn dich kennen sie. Vanessa, du hattest gerade eine Fortbildung zu diesem Thema. Es ist an der Zeit, das Gelernte auch in der Realität anzuwenden."

Als er ihren entgeisterten Blick auffängt, spricht er beruhigend auf sie ein.

„Vanessa, es gibt nie einen guten Augenblick für diese Arbeit. Es wird ein harter Weg, für euch beide. Aber ihr habt in den letzten Tagen gezeigt, dass ihr gut miteinander

arbeiten könnt. Ihr ergänzt euch perfekt. Ihr solltet euch auf den Weg machen."
Diese Worte geben Vanessa und mir zu verstehen, dass Martin keinen Widerspruch akzeptieren wird. Damit wir keine Zeit mehr vergeuden, machen wir uns sofort auf den Weg.
Unterwegs unterhalten Vanessa und ich uns über unsere Schulzeit. Während ich der absolute Streber war, hat Vanessa alles eher mit ein wenig Humor genommen. Sie war eine hervorragende Schülerin, aber eigentlich nur, weil ihre Familie ihr die Polizeiarbeit immer vorgelebt hat. Ihre Mutter erörterte jeden Abend ein juristisches Problem. So war Jura auch keine große Hürde für sie.
Ich beneide sie immer mehr um ihre Familie. Von Anfang an habe ich mich mit allem allein durchgeschlagen. Vielleicht bin ich deswegen auch heute sehr zurückgezogen. Natürlich macht es mir Spaß, mich mit Kollegen zu unterhalten. Aber ich muss sie nicht in meinem privaten Umfeld haben.
 Richtig nah habe ich nur Larissa an mich herangelassen. Nun bedauere ich das. Sie hat

es mit ihrem Leben bezahlt, und ich habe einen Schwachpunkt.

Nach einer kurzen Fahrt erreichen wir die Schule. Von innen hat sie sich kaum verändert. Klar, die Räume sind moderner geworden. Wo damals noch ein Overheadprojektor seinen Dienst tat, befinden sich heute sogenannte Smartboards – keine einfachen Tafeln, sondern ganze Computer. Mit Verbindung zum Internet. Die Schüler können sich Dateien anlegen und noch viel mehr Schickimicki. Und ich bin froh, den Knopf zum Einschalten meines Computers zu finden.

Als wir am Hausmeisterraum vorbeigehen, sehe ich, dass es Herr Schulz ist. Er war schon zu unserer Zeit der Hausmeister, und man könnte sagen, er ist der ‚Hagrid' der Schule. Vielleicht ein wenig eigenartig, aber definitiv die gute Seele. Wie viele Stunden haben Larissa und ich mit ihm in seiner Wohnung verbracht? Wir haben Tee getrunken, gelacht und waren einfach nur junge Menschen.

„Herr Schulz, schön Sie wieder zu sehen."

„Thomas? Thomas Eickhoff? Was machen Sie denn hier? Sie wollen doch hoffentlich nicht sagen, dass Sie sich entschieden haben hier Lehrer werden zu wollen, oder?"

Damals hatten wir oft gelacht und darüber gesprochen, dass ich vieles werden könnte. Aber Lehrer hat nicht dazugehört. Ich war immer so ungeduldig mit den Mitschülern.

„Leider nein, wir sind dienstlich hier. Sie können sich doch bestimmt noch an Larissa Bretthauer erinnern?"

„Aber natürlich, das arme Ding. Nicht nur, dass sie erst diesen Freund hatte, der sie psychisch so unter Druck gesetzt hat. Bedroht hat er sie. Nicht nur einmal, sondern immer wieder. Nachher ist er ja, wie ich hörte, in die Psychiatrie gekommen. Nein, dann haben Sie junger Mann sie auch verlassen. Ohne ein Wort übrigens. Ich hoffe, Sie haben es irgendwann nachgeholt. Wenn nicht, sollten Sie es noch machen."

Mein immens schlechtes Gewissen wird sofort reaktiviert.

„Leider ist es nicht mehr möglich, Herr Schulz. Deswegen sind wir hier. Larissa ist ermordet worden. Wir gehen davon aus, dass der Täter mit ihr und mir hier in der Schule war. Wissen sie, wie der Ex-Freund hieß?"

„Das ist ja schrecklich! Lassen Sie mich mal überlegen. Ja, also, er war eine Klasse über Ihnen. Ist dann ein halbes Jahr vor den Prüfungen abgegangen. Peters, ja, genau, Achim Peters. Eigentlich sah er immer sehr sympathisch aus, aber man steckt ja nicht drinnen in solchen Menschen."

„Danke, Herr Schulz, wir sind Ihnen sehr dankbar." Endlich meldet sich Vanessa zu Wort.

„Wie geht es Ihnen denn, junge Dame? Ihnen wurde ja eine große Karriere vorausgesagt." Vanessa muss lachen. „Die große Karriere, Herr Schulz, hat, wie ich befürchtet habe, noch nicht eingesetzt. Ob das jemals der Fall sein wird? Die Zukunft wird es uns zeigen. Aber Sie deuteten an, dass Sie demnächst in Rente gehen werden."

„Ja, noch vier Monate, fünf Tage, und circa zehn Stunden. Ich zähle die Minuten, wissen Sie. Es ist so schwierig geworden. Ich beneide meinen Nachfolger nicht. Die Arbeit, die wir damals zu dritt gemacht haben,

mache ich nun alleine. Aber ich will nicht klagen. Die meisten Schüler und Lehrer sind dafür super nett. Keine Dreckschweine, wie andere Schulen es haben. Ich bin halt kein normaler Schulhausmeister, meinen alle."
Das können Vanessa und ich nur bestätigen. Nachdem wir uns verabschiedet haben, machen wir uns auf den Weg. Natürlich wollen wir das Gesagte gerne gegenprüfen. Auch wenn Vanessa und ich uns sicher sind, dass Herr Schulz sich nicht irrt. Sein Gedächtnis war schon immer legendär. Leider kann uns die Sekretärin nicht weiterhelfen. Die Akten von damals liegen alle im Archiv und können erst am Montag wieder angefordert werden. Dankend verlassen wir die Schule und machen uns auf den schwersten Weg: den zu Larissas Eltern. Die Eltern müssen vor Sorgen halb gestorben sein. Aber die Schule hat heute nur einen kurzen Tag und danach ist Wochenende. Wenn wir also weiterkommen wollen, müssen wir so vorgehen.

Da es schon fast fünfzehn Uhr ist, müssen wir uns beeilen, damit der Seelsorger nicht unnötig wartet.

10. Kapitel

Als wir vor der Tür der Eltern ankommen, wartet dort schon der Seelsorger. „Entschuldigen Sie bitte, wir sind länger aufgehalten worden." Glücklicherweise ist er uns nicht nachtragend. Denn er lächelt und nickt verständnissvoll. Nachdem Vanessa ihn auf den Stand der Dinge gebracht hat, klingeln wir. Es dauert nur wenige Sekunden, bis Ilse die Tür aufmacht. Sofort, als sie sieht, dass wir zu dritt kommen, bricht sie zusammen.
Als Mutter einer Polizistin ist ihr anscheinend bewusst, dass die dritte Person ein Seelsorger sein muss und dieser nur mitkommt, wenn es einen Todesfall gibt. Vanessa und ich stützen Ilse und bringen sie ins Wohnzimmer, wo wir sie auf ein Sofa legen.
Ein Blick in Günthers Augen zeigt mir den blanken Hass. Ich kann ihn so gut verstehen, auch ich fühle mich hilflos und verspüre unglaubliche Wut gegen den Unbekannten. Als Günther eine einzelne Träne herunterläuft, setzt er zum Sprechen an.

„Thomas, ich will, dass du unsere Wohnung sofort verlässt. Lass dich nie wieder hier sehen.

Du hast uns unsere einzige Tochter genommen. Das werden wir dir nie verzeihen. Tritt also nie wieder in unser Leben. Wir haben dich als Sohn empfangen, und das ist die Antwort gewesen." Mit diesen Worten dreht er sich von mir weg. Mit einem Blick halte ich Vanessa zurück, die zum Schlichten ansetzen will. Günther wird jetzt nicht in der Lage sein, rational zu denken und zuzuhören. Ich entscheide mich, dass ich lieber gehe.

Vielleicht schafft es ja der Seelsorger, Günther ein wenig zu beruhigen. So habe ich ihn in all der Zeit noch nie gesehen. Ich verabschiede mich noch von Ilse, aber auch sie würdigt mich keines Blickes.

Im Dat Backhus warte ich auf Vanessa. Stumm laufen mir die Tränen übers Gesicht. Menschen, die mir so nahe waren, so nah wie kein anderer, müssen meinetwegen solche Qualen erleiden.

Nie wieder werde ich jemanden so nah an mich heranlassen, das schwöre ich mir. Es

dauert nur eine knappe halbe Stunde, bis Vanessa wieder da ist. Sollte sie meine Tränen sehen, schweigt sie sich darüber aus.
„Ilse ist soweit wieder stabil. Sie entschuldigt sich für Günther und sein Verhalten. Der Seelsorger wird noch bei ihnen bleiben. Zur Sicherheit habe ich noch einen Notarzt bestellt. Beide leiden an einer Herzkrankheit, und es soll einmal ein Beruhigungsmittel verabreicht werden.
Ich habe mein Versprechen gegeben, mich zu melden, sobald wir mehr wissen. Außerdem wird der Fall nicht an die Presse gegeben. Sie möchten nicht, dass der Name ihrer Tochter in den Dreck gezogen wird. Das kann ich mehr als gut nachvollziehen. Wir haben ja auch ein Interesse daran, dass das nicht passiert."
Nachdem wir unseren Kaffee ausgetrunken haben, fahren wir zurück auf die Wache. Hoffentlich können wir gleich heute noch weiterarbeiten. Achim Peters werden wir bei der Abfrage finden.
Leider werde ich enttäuscht. Die Personenabfrage ergibt, dass er schon vor

zehn Jahren verstorben ist. Er kann also unmöglich unser Täter sein.

„Verdammte Scheiße, wieder kein Treffer! Wir kommen so doch nicht weiter."

Vor lauter Wut werfe ich meinen Stift durch den Raum. Er verfehlt nur knapp die Vase auf dem Schreibtisch von Vanessa.

Glücklicherweise nimmt sie es mir nicht übel. Sie hebt einfach den Stift auf und wartet, bis ich wieder einigermaßen ansprechbar bin.

„Entschuldigung, Vanessa, das wird doch nie was. Wir finden den Täter nicht. Es gibt ihn doch, den perfekten Mord. Der Täter ist gut. So einen guten habe ich noch nie zuvor gesehen."

„Du hast Recht, er ist gut, aber wie oft sollen wir dir bitte noch sagen, es gibt nicht ‚*den perfekten Mord*'. Es gibt immer irgendwo einen Fehler."

Ich hatte gar nicht mitbekommen, dass Martin reingekommen ist. Er arbeitet derzeit im Raum einer Kollegin, die momentan im Mutterschutz ist.

„Was habt ihr bis jetzt herausbekommen? Vielleicht hilft uns ja ein Brainstorming."

Vanessa setzt zum Reden an. Ich bin ihr dafür sehr dankbar. Ich verspüre eine immense Wut auf die Situation, so dass ich nicht sachlich bleiben könnte.

„Also, wir waren in der Schule.

Der Hausmeister konnte sich noch an Achim Peters erinnern. Er war wohl der Freund von Larissa Bretthauer, ehe Thomas mit ihr zusammengekommen ist. Herr Schulz wusste noch, dass er Rache geschworen hatte und dass er, ehe er die Prüfung ablegen konnte, in medizinische Behandlung musste. Leider hat die Personenabfrage gerade ergeben, dass er vor zehn Jahren verstorben ist. Es scheint also so zu sein, dass diese Richtung auch nicht korrekt ist."

„Hat er noch Familie?

Vielleicht ist da ja jemand dabei, der eine Wut auf Thomas und Larissa haben könnte. Weiß jemand wieso er in die Psychiatrie gekommen ist? Sind die Eltern bereit mit euch zu sprechen? Einen Versuch ist es auf alle Fälle wert."

Martin ist dieses Mal derjenige, der weitsichtiger ist. Ich bin immer wieder froh in so einem guten Team arbeiten zu können.

Wenn es jemand schaffen kann, den Fall zu lösen, dann wir als Team.

„Ich sehe gerade, nicht nur die Eltern, sondern auch der Bruder leben an der Adresse, bei der Achim Peters zuletzt gemeldet war. Der Bruder selbst ist mehrmals vorbestraft wegen Körperverletzung, einmal stand er unter Anklage wegen versuchten Totschlags. Diese ist aber wegen Mangels an Beweisen zurückgezogen worden.

Seine Ex-Frau hat außerdem eine einstweilige Verfügung erwirkt. Er darf sich ihr nicht mehr auf zweihundert Meter nähern. Der scheint also nicht ohne zu sein."

Vanessa und ich nicken.

„Da werden wir uns sofort auf den Weg machen."

„Ok. Während ihr das macht, werde ich weiterhin versuchen, Herrn Willhuber zu erreichen. Laut dem Büro soll er da sein, aber er hat wohl den Tick, während er arbeitet, nicht ans Telefon zu gehen."

Ich muss auf einmal lachen.

„Also, wenn es bei ihm so aussieht, wie ich glaube, hat er gar keine Chance daran zu

kommen. Sein Boden wird übersäht sein mit Papieren, Akten, Büchern, Schuhen und vielem mehr. Aber es wäre wirklich gut. Frage ihn bitte auch, ob es vielleicht ein Angehöriger sein kann. Ich bin ja immer noch erschüttert, wie genau er mit seinem Profil war. Er hatte Recht, dass mir die Tote etwas bedeutet. Ich kann mir also vorstellen, dass er auch mit allem anderen Recht haben könnte."
Auf dem Weg zu den Eltern von Achim Peters überlegen Vanessa und ich, welche Vorgehensweise die geschickteste ist.
„Wir sollten nicht erwähnen, dass du nach Achim mit Larissa zusammen warst.
 Auch wenn sie es vermutlich schon wissen, falls sie in den Fall involviert sind.
Ich glaube ja fast, es wäre besser gewesen, wir hätten Maik oder Martin mitgenommen. Andererseits... kannst du dir vorstellen, dass sie mit ihren fast achtzig Jahren diese Tat begangen haben? Wir sollten hoffen, dass der Bruder, Christian Peters, nicht vor Ort ist."
Wie kann Vanessa nur denken, dass es besser wäre, wenn jemand anderes dabei ist? Ich will, dass es langsam ein Ende hat.

Ich will den Täter schnappen. Niemand anderes außer mir soll es machen. Um Vanessa nicht unnötig anzumeckern, schweige ich lieber.
Bei den Eltern werden wir freundlich empfangen.
„Was hat unser Sohn nun schon wieder angerichtet? Wissen Sie, wir haben keinen Kontakt mehr mit ihm, auch wenn er bei uns in der Einliegerwohnung lebt. Wir hatten eine ganze Zeit lang jeden Tag die Polizei bei uns. Wir lieben ihn wirklich, aber solange er nicht aufhört Drogen und Alkohol zu nehmen, können wir ihm nicht helfen. Das haben wir gelernt."
„Frau Peters, ehrlich gesagt, tappen wir derzeit ein wenig im Dunkeln. Wir sind eher wegen Achim Peters hier." Als die Mutter mich entgeistert ansieht, spreche ich schnell weiter. „Vielleicht können sie sich noch an Larissa Bretthauer erinnern. Ihr Sohn war damals mit ihr auf der Polizeischule."
„Oh ja, sie war so ein liebes Mädchen. Leider neigte auch Achim immer wieder zu Wutausbrüchen. Wir waren zwar nie dabei, aber Larissa kam zu uns, als sie sich von ihm

trennte. Das arme Mädchen war überall mit blauen Flecken übersäht. Es sah so aus, als hätte unser Sohn sie gebrochen. Sie wollte erst noch, dass wir mit Achim reden. Aber mein Mann riet ihr dazu, obwohl er unser Sohn war, sich sofort von ihm zu trennen. Er war danach nicht mehr wiederzuerkennen, wissen Sie. Als er dann auf offener Straße einen Mann niederschlug und damit drohte, sich umzubringen, wenn Larissa nicht wieder zu ihm zurückkehrt, wurde er per richterlichem Entschluss zwangseingewiesen. Das tat ihm wirklich sehr gut. Wir alle dachten, es geht wieder bergauf. Er fand sogar einen guten Richter, der bereit war, ein Mediationsgespräch zwischen Achim und seinem Opfer einzuberufen. Das Opfer und der Richter kamen überein, dass Achim keine Vorstrafe bekommen sollte, wenn er in eine Langzeittherapie ging.

Natürlich hätte er den Polizeidienst nicht wiederaufnehmen können. Aber das wollte er auch nicht mehr, und er hätte im Sicherheitsdienst oder als Detektiv oder etwas in der Art arbeiten können. Aber er fand nie wieder zurück. Er wollte sich immer wieder das Leben nehmen, bis er es schließlich tat. Heute glauben wir, auch wenn es sich hart anhört, dass dies das Beste für ihn war. Das Leben hatte für ihn keinen Zweck mehr. Bei der Obduktion stellte sich zudem heraus, dass er einen unerkannten Hirntumor hatte. Dieser hat ihn so stark verändert."

Auch wenn ich ungeduldig bin, lasse ich Frau Peters, in der Hoffnung, dass wir Neues erfahren, aussprechen. „Wir würden gerne wissen, Frau Peters, wie ihr Sohn Christian mit dem Tod von Achim umgegangen ist."

„Das ist wirklich schwer. Christian ist seitdem wie sein Bruder. Wenn sie nicht äußerlich so unterschiedlich wären, würde ich sagen, Christian ist damals gestorben und das ist Achim. Aber das ist ausgeschlossen. Wenn sie die Bilder mal sehen wollen." Mit diesen Worten holt sie zwei Bilder aus dem Regal. Aber es ist eindeutig. Während Christian von er Statur her bullig ist, war Achim eher schmächtig.

„Würden Sie sagen, dass Christian vielleicht Larissa die Schuld an Achims Selbstmord geben würde?"
„Auf jeden Fall, aber nicht nur ihr, auch dem neuen Freund, den sie danach hatte. Er war, soweit ich weiß, auch ein junger Polizeianwärter. Christian hat schon oft damit gedroht, dass er ihn umbringen wird." Mir läuft ein Schauer über den Rücken. „Das Schlimme ist, ich bin mir sicher, das würde er wirklich machen. Wir haben auch immer wieder der Polizei, wenn sie hier war, gesagt, dass er unberechenbar ist. Wir haben so oft gehofft, dass auch er eingewiesen wird, aber leider hat nie ein Richter einen Zusammenhang zwischen seinen Taten und seiner Psyche gesehen."
Die Mutter von Christian Peters sieht wie eine gebrochene Frau aus. Der Vater schaut nur auf den Boden. Ich vermute, dass er sich für seine Söhne schämt.
Nachdem wir uns dankend verabschiedet haben, fahren wir auf die Wache. Es erscheint uns wichtig, die Kollegen auf den neuesten Stand zu bringen.

Dort berichtet Martin Vanessa und mir, dass laut Herrn Willhuber der Bruder genau in das Profil passe. Sofort ruft Martin bei der Staatsanwaltschaft an, und der Staatsanwalt verspricht ihm, dass er sich beim Notdienstrichter dafür stark macht, dass es einen Durchsuchungsbefehl geben wird. Er habe allerdings kaum Hoffnung. Dafür müsste mehr vorliegen als nur die Aussage der Eltern. Er rät aber, solange er nichts Genaues weiß, nichts zu unternehmen, was Christian Peters provozieren könnte.

Mir ist klar, dass der Staatsanwalt das nur gesagt hat, damit wir nach einem Weg suchen, die Tür doch noch öffnen zu lassen, wenn der Richter nein sagt. Dennoch entschließen wir uns, für heute Feierabend zu machen.

Nachdem wir uns voneinander verabschiedet haben, beschließe ich, heute endlich mal wieder zu kochen. Seit dem ersten Paket habe ich nichts mehr Vernünftiges gegessen. Dabei liebe ich es zu kochen. Selbst unter diesen Umständen kann ich wunderbar dabei abschalten.

Danach lege ich mich aufs Sofa und sehe mir eine Serie an, die so langweilig ist, dass ich darüber einschlafe.

11. Kapitel

Die Nacht war beinahe entspannend. Dank dem Fernseher, der die ganze Zeit durchgehend lief, bin ich zwar hin und wieder wach geworden, aber er half auch gegen mein Gedankenkarussell. Jedes Mal, wenn ich aufgewacht bin, sah ich irgendeine Werbung und versuchte lieber schnell wieder einzuschlafen, als mir um den Fall Gedanken zu machen. Leider war es kalt und ich hatte nur eine leichte Wolldecke. Es wird immer deutlicher, dass der Herbst kommt. Um mich aufzuwärmen, starte ich den Tag mit einer langen heißen Dusche. Danach blicke ich sofort vor die Tür. Glücklicherweise liegt auch heute kein Paket davor. Ich gönne mir ausnahmsweise noch ein schnelles Frühstück, denn das ist in den letzten Tagen zu oft untergegangen.

Auch wenn heute Samstag ist, möchte ich auf die Wache. Ich vermute, dass Vanessa und Martin heute frei machen. Aber meine Hoffnung ist, dass die Berichte von der Spurensicherung und der Rechtsmedizin noch eingetroffen sind. Außerdem könnte ja doch noch der Durchsuchungsbefehl kommen. Hoffentlich würden Vanessa und Martin in dem Fall auf die Wache kommen, um diesen auszuführen.

Gerade als ich mir meinen Kaffee eingeschenkt habe, klingelt es an der Tür. Nicht schon wieder! Bitte lass es nicht weitergehen...

Vorsichtig, ja, schon fast ängstlich, öffne ich die Tür, atme aber erleichtert auf. Vanessa steht draußen.

„Ich hoffe, ich wecke dich nicht. Ich war gerade auf dem Weg zur Wache, da wollte ich schauen, ob du schon los bist. Wenn nicht, ich habe Brötchen dabei. Vielleicht wollen wir gemeinsam frühstücken, ehe wir starten?"

Das ist auch eine seltsame Art. Sie muss doch wissen, dass ich mir vor Angst fast in die Hose mache, wenn sie hier klingelt. Auch wenn sie es bestimmt freundlich gemeint hat. Außerdem dachte ich, ich hätte es sehr deutlich gemacht, dass ich niemanden in meiner Wohnung haben möchte. Wo sie nun aber da ist, kann ich sie schlecht wegschicken.

„Komm rein, aber sei so nett und ruf das nächste Mal an. Wenn es klingelt, nehme ich sofort das Schlimmste an."
Sie schaut mich entgeistert an.
„Tut mir leid, ich habe da wirklich nicht weit genug gedacht. Darf ich dennoch rein? Wir werden nämlich beobachtet."
Ich habe die letzten Tage meine Lieblingsnachbarin völlig vergessen. Natürlich lasse ich Vanessa rein. In der Küche suche ich im Schrank nach einer zweiten Tasse. Seit Jahren habe ich keine Weitere gebraucht. Jetzt bin ich allerdings froh, dass ich noch eine besitze.
„Leider habe ich nicht viel Aufschnitt, normalerweise frühstücke ich nur ein Ei und ein Brot."
Nun muss sie lächeln. Aus ihrer großen Tasche, die sie dabeihat, zieht sie ein Glas Marmelade heraus. „Das habe ich mir fast gedacht. Es ist ja nicht das erste Mal, dass ich in deiner Wohnung bin. Nach dem Essen sollten wir die E-Mails prüfen. Martin lässt grüßen, aber er wird heute zu Hause bleiben. Sollte etwas sein, können wir ihn natürlich anrufen. Maik hat, soweit ich weiß, auch

dieses Wochenende frei, genau wie du eigentlich. Da Martin wusste, dass wir dich nicht hier festhalten können, hat er Überstunden für dich genehmigt."

Ach, Mist, diese neue Anordnung hatte ich total vergessen. Wir dürfen nur noch im Notfall Überstunden machen.

Wider Erwarten ist das Frühstück ein sehr entspanntes. Vanessa erzählt von ihrer Mutter, die gestern einen Igel mit nach Hause brachte. Es half kein gutes Zureden, dass das Tier eigentlich kräftig genug sei, um es selbst zu schaffen. Martin musste gestern noch ein Gehege für den kleinen Findling bauen. Damit war er bis weit nach Mitternacht beschäftigt.

Bevor wir das Frühstück beenden, muss Vanessa natürlich noch eine Bombe platzen lassen. „Meine Mutter würde sich übrigens freuen, wenn du heute Abend zum Essen kommst. Sie vermutet, und das wohl nicht zu Unrecht, dass wir heute lange arbeiten werden.

Unsere Mieterin – du erinnerst dich, ich hatte dir von ihr erzählt – kommt auch. Ich vermute ja fast, dass Mama möchte, dass du als Polizist ein wenig Präsenz zeigt. Unsere Mieterin hat einen neuen Freund, und durch unseren Fall hat Mama Angst, dass sie sich den falschen ausgesucht hat."

Gerade als ich ansetzen will, dass ich es für keine gute Idee halte, redet sie weiter. „Glaub nicht, dass wir ein ‚Nein' akzeptieren."

„Wir können ja später nochmal darüber reden. Lass uns nun lieber los auf die Wache, wir haben genug Zeit vergeudet." Ich nehme mir fest vor, heute Abend nicht mit zum Essen zu fahren. Mir ist das alles schon jetzt viel zu nah.

Im Büro muss ich grinsen. Die Wache ist ein einziger Ameisenhaufen. Kollegen und Bürger füllen den Eingangsbereich. Im Mitarbeiterkasten weiter hinten kommt ein Anruf nach dem anderen rein. Es ist richtig viel los in Bergedorf. Aber kaum geht man durch die Tür zum Treppenhaus, herrscht eine wunderbare Stille. Samstags ist in diesem Bereich der Wache selten etwas los. Die Kollegen haben frei oder arbeiten still ihre Akten auf.

Damit Vanessa nicht gleich wieder los muss, um sich einen Kaffee zu holen, nehme ich für sie einen mit. Am Schreibtisch sehe ich, dass mein E-Mail-Account fast überquillt: die Berichte sind endlich da.

Als Erstes öffne ich den von der Spurensicherung. Doch darin steht nicht viel. Es gibt weder Fingerabdrücke noch DNA-Spuren, die auf den möglichen Täter hinweisen. Paket Nummer eins wies nur meine Fingerabdrücke auf. An Paket Nummer vier waren Fasern, die von meiner Kleidung stammen. Eine Sache aber lässt mich stutzig werden.

„Vanessa, hör mal, die Spurensicherung hat folgendes rausgefunden: Der Drucker, mit dem meine Adresse geschrieben wurde, war ein Laserdrucker."

„Thomas, das hätte ich dir auch verraten können." Vanessa sieht mich gelangweilt an. Endlich kann ich einmal gegen sie trumpfen.

„Lass mich ausreden. Das wusste ich auch. Aber die Spurensicherung schreibt weiter, dass die MIC, was wohl ‚Machine Identification Code' heißt, aussagt, dass es ein XEROX ist." Als sie mich anblickt und ich ihre volle Aufmerksamkeit habe, rede ich nach einer Pause weiter. „Das ist aber nicht alles! Dieser Code sagt auch aus, dass die Adressen schon vor zwei Jahren gedruckt wurden." Ich wusste nicht, dass es möglich ist, anhand des Ausdrucks so viel zu erfahren. Interessant ist es allemal.

„Das heißt, der Täter hat das von so langer Hand vorbereitet. Irgendwie muss ich ihm ja meinen Respekt zollen."

Entgeistert blicke ich Vanessa an. Natürlich, irgendwie hat sie Recht, aber das ist ein Mörder. Kann ich ihr vielleicht auch nicht mehr trauen?

„Keine Sorge, ich will ihn auch bekommen, und er soll seine gerechte Strafe erhalten. Wir haben es mit jemandem zu tun, der genau weiß, was er wann zu machen hat. Das wird nicht einfach, aber ich bin mir sicher, wir haben ihn bald. Hast du noch andere Berichte bekommen? Die Rechtsmedizin sollte doch auch schon da sein. Wie sieht es aus? Hat sich der Staatsanwalt schon gemeldet?"

Ich öffne zuerst den Bericht der Rechtsmedizin, auch wenn es in mir brennt zu sehen, was der Staatsanwalt schreibt.
„Also, die Rechtsmedizin schreibt, dass im Gewebe ein starkes Betäubungsmittel gefunden wurde. Die hohe Konzentration muss dazu geführt haben, dass Larissa Bretthauer daran starb."
„Wenigstens hat sie das nicht mehr mitbekommen. Seitdem wir an diesem Fall arbeiten, muss ich daran denken, dass sie womöglich starke Schmerzen hatte."
Vanessa spricht genau das aus, was ich auch gerade dachte.
„Finger, Oberschenkel und Fuß wurden mit einer handelsüblichen Metallsäge abgetrennt.
Das ist erkennbar an den Hautfetzen und auch an den gesplitterten Knochen. Das Auge wurde mit einem handelsüblichen Esslöffel aus der Augenhöhle entfernt. Die Muskelstränge, die links und rechts vom Glaskörper abgehen, wurden abgeschabt. Vermutlich mit einem skalpellähnlichen Gegenstand.

Der Sehnerv wurde über einen längeren Zeitraum abgequetscht, die Verwesung ist am Ende schneller vorangeschritten als an den anderen Körperteilen. Aufgrund der Veränderungen am Auge kann nicht erkannt werden, ob das Opfer eine Brille getragen hat.
Die Tätowierung, schreiben die Kollegen, ist mindestens fünfundzwanzig Jahre alt und hat die Form eines türkisfarbenen, weit geschwungenen Schmetterlings. Das wussten wir ja aber auch."
„Eigentlich nicht viel Neues, außer dass sie keine Schmerzen hatte."
„Nun ja, ich finde schon. Schau mal, er nutzt eine Metallsäge. Ich glaube nicht, dass der Täter geplant hatte, sie so zu verstümmeln. Er hat so viel vorbereitet, aber dann eine Metallsäge? Meinst du nicht, dass sich das widerspricht?"
Ich weiß nicht, ob sie Recht hat. Ich finde schon, dass der Täter einen sehr genauen Plan hat.
„Ok, ich mache die E-Mail vom Staatsanwalt auf. Ich denke nicht, dass wir mit Spekulationen weiterkommen." Kaum sehe

ich, was in der Mail steht, vergeht mir die Lust auf meine Arbeit. „Wie engstirnig kann ein Richter eigentlich sein? Es ist doch kein Wunder, dass wir immer weniger Fälle aufklären."

„Du musst nichts sagen. Wir haben keinen Durchsuchungsbefehl bekommen, richtig?" Vor Enttäuschung kann ich nur noch nicken. „Dann machen wir das eben anders. Wir wollen ihn in erster Linie ja hier zur Befragung haben oder? Dann werden wir ihn dazu bringen, dass er austickt und wir ihn wegen einer anderen Sache verhaften können."

Entgeistert schaue ich Vanessa an. Hat sie das wirklich gerade gesagt? Sie, die von der Internen kommt? Die, die darauf aufpassen soll, dass wir alles brav nach Gesetz machen, schlägt so etwas vor? Ist das eine Falle, in die sie mich reinrennen lassen will? Unschlüssig schaue ich sie an.

„Wir werden ihn nicht dazu bringen, jemand anderes zu verletzten. Nein, das wirklich nicht. Aber vielleicht bekommen wir ihn ja dazu, dass er sich uns widersetzt. Er hat doch ein Auto und er trinkt. Meinst du nicht,

dass eine allgemeine Verkehrskontrolle angebracht wäre? Wenn wir Glück haben, widersetzt er sich unserer Kontrolle. Das wäre doch ein hervorragender Grund, ihn hierher auf die Wache zu holen."
Sie spricht so überzeugt davon, dass ich nicht mehr glauben kann, dass sie mich in etwas reinreißen will.
„Bevor wir das machen, sollten wir aber nochmal in Wismar anrufen. Wenn der Täter schon vor zwei Jahren die Etiketten druckte, dann wird er mit Sicherheit auch sie schon im Visier gehabt haben, vielleicht ist denen etwas von einem Freund bekannt. Vielleicht hat er sie sogar schon mal auf der Wache besucht, oder aber Larissa hat dort mal was über ihn erzählt."
Der Anruf führt leider zu nichts. Sie wussten zwar, dass sie einen Mann kennengelernt hatte. Aber, soweit sie wissen, erst in Hamburg. Auch hat sie nie einen Namen genannt oder erwähnt, was derjenige macht. Aber das sei nicht ungewöhnlich für Larissa, sie habe immer ein Geheimnis aus ihren Beziehungen gemacht. Es wurde schon

gemunkelt, dass sie vielleicht homosexuell sein könnte.

„Typisch Osten! Nur weil jemand nicht erzählt, was er für eine Bekanntschaft hat, ist derjenige sofort homosexuell."

Vanessa muss lachen. „Lang leben die Vorurteile!"

12. Kapitel

Vor dem Haus von Christian Peters beziehen wir Stellung. Leise läuft das Radio, ansonsten herrscht Stille. Wir warten darauf, dass der Verdächtige aus dem Haus kommt. Was schneller passiert, als gedacht. Sofort erkenne ich, dass er angetrunken ist. Sein Gang ist schwankend und seine Hände wirbeln unkontrolliert durch die Gegend. Paradoxerweise hoffe ich, dass er ins Auto steigt und den Motor anlässt.
Er enttäuscht mich nicht. Sofort springe ich aus unserem Wagen, gehe zu seinem Auto und klopfe ans Fenster. Der Verdächtige lässt die Scheiben runter.
„Moin, allgemeine Verkehrskontrolle. Motor aus, Fahrzeugschein und Führerschein bitte."
Christian Peters beginnt etwas zu nuscheln, was sich für mich anhört, als fragte er, woher er sich sicher sein soll, dass ich Polizist bin. Leicht enttäuscht, denn das heißt, dass er mich nicht erkennt, suche ich meinen Dienstausweis heraus.
„Mein Name ist Thomas Eickhoff."

Als er meinen Namen hört, reißt er sofort seine Augen auf und schreit mich an. „Sie verdammtes Arschloch! Sie haben schon das Leben meines Bruders zunichte gemacht. Wollen Sie nun meines auch noch?" Obwohl er so betrunken ist und vorher genuschelt hat, spricht er nun sehr deutlich.
Ich gehe einen Schritt zurück und fasse vorsichtig an meine Dienstwaffe.
„Aussteigen, Hände ans Dach."
„Einnn Scheich werde ichs... Sschie haben mir nichtchs zu sagen. Verpissen Sschiee schich oder sschiie werden esch bereuen michs angesschpprochen schu haben." So deutlich er seinen Wutanfall gegen mich ausgesprochen hat, so sehr lallt er nun wieder.
„Sie haben meinen Kollegen gehört? Aussteigen, sagte er, aber etwas zügiger." Vanessa steht auf der anderen Seite des Wagens und fordert ihn mit fester Stimme auf.
„Von sschoo einer wie Ihnen lassch ichs mir doch gar nichts sagen."

Glücklicherweise scheint er sich trotz seiner Widersprüche abzuschnallen. Vielleicht verlässt er ja doch von allein das Auto.
„Alles Polizistenschweine, Terror isschtt das Einzige, was ihr könnt."
„Wir fordern Sie zum letzten Mal auf, Herr Peters, das Auto zu verlassen." Zum Glück schauen von der anderen Straßenseite aus Passanten zu. Sollte Christian Peters je behaupten, dass wir ihn nicht dreimal aufgefordert haben, den Wagen zu verlassen, haben wir Zeugen.
Auf einmal schrillen bei mir die Alarmglocken. Anstatt aus dem Auto auszusteigen, beugt sich der Verdächtige zum Handschuhfach. Als er dieses aufmacht, sehe ich einen Gegenstand, der für mich aussieht wie eine Waffe.
„Sofort Hände aufs Lenkrad!" Ich ziehe meine Waffe und ziele auf den Verdächtigen. Auch Vanessa geht einen Schritt zurück und zieht ihre Dienstwaffe.
Christian Peters schaut sich um, bevor er langsam unserer Forderung nachkommt. Sofort lege ich ihm Handschellen an und zerre ihn aus dem Wagen. Obwohl er schreit,

wütet und augenscheinlich Schmerzen hat, habe ich kein Erbarmen. Mit aller Kraft drücke ich ihn auf den Boden.

Vanessa, die in sein Handschuhfach schaut, zieht eine kleinkalibrige Waffe heraus.

„Haben Sie dafür einen Waffenschein?" Vanessas Stimme war noch nie so hart wie jetzt.

„Mit euch Schweinen werde ich kein Wort mehr reden! Ich verlange einen Anwalt! Ich kenne meine Rechte ganz genau, und was ihr hier macht, ist Folter. All diese Passanten müssen als Zeugen aufgenommen werden. Verklagen werde ich euch Mistkerle!" Durch den Adrenalinstoß ist seine Stimme wieder einwandfrei.

„Nun mal ruhig, Sie reiten sich immer tiefer in den Dreck. Vorhin war das nur Alkohol am Steuer, nun ist es vermutlich unerlaubter Waffenbesitz und Beleidigung. Tun Sie sich also einen Gefallen und halten Sie Ihren Mund. Wir nehmen Sie so oder so mit auf die Wache. Meine Kollegin ruft schon einen Wagen."

Christian Peters hat uns mit seiner Aktion zugespielt. Sobald er auf der Wache ist, wird

er verhört. Außerdem hat er klar geäußert, dass ich für den Tod seines Bruders büßen werde. Wenn das nicht alles für einen Durchsuchungsbefehl reicht, dann weiß ich auch nicht mehr weiter.
Es dauert nicht lange, bis wir Verstärkung bekommen.
Obwohl er sich mit Händen und Füßen gegen den Abtransport wehrt, schaffen wir es mit der Hilfe von zwei Kollegen.
„Den sollen wir ernsthaft zu euch nach Bergedorf bringen?
Den möchte doch keiner freiwillig ausnüchtern lassen und dann verhören."
Wenn der Kollege wüsste.
Wir sind so froh ihn endlich zu haben. Er hat uns besser in die Hände gespielt, als wir es uns je in den kühnsten Träumen erhofft hätten.
„Doch, doch, das machen wir schon, keine Sorge. Der kommt zum Austoben erstmal in unsere Zelle. Wir müssen auch noch abklären, was das für eine Waffe ist. Wir vermuten mal, dass er keinen Waffenschein dafür besitzt."
Der Kollege nickt.

In meinem Büro wartet schon Martin. Vanessa hat ihn gleich nach der Festnahme informiert.

„Ihr hattet keinen Durchsuchungsbefehl, wie habt ihr das geschafft, dass ihr ihn hier her holen konntet?"

Kein ‚Guten Tag' oder eine andere freundliche Floskel. Man sieht ihm an, wie sauer er auf uns beide ist.

„Martin, beruhige dich, wir haben seine Wohnung nicht betreten. Wir haben eine allgemeine Verkehrskontrolle durchgeführt, nachdem wir zufällig gesehen haben, wie er sich alkoholisiert ans Steuer gesetzt hat. Während der Kontrolle wollte er nach dieser Waffe greifen.

Dies sind neben der Beleidigung und dem Widerstand gegen die Festnahme die Gründe, weshalb er hier ist. Nachdem er Thomas gedroht hat, dass er Achims Tod büßen würde, dachten wir, dass wir die Gelegenheit nutzen, um ihn zu dem Vorfall zu befragen."

Martin schaut seine Tochter so entgeistert an, dass ich fast vermute, dass es hier und auf der Stelle zu einer Enterbung kommen könnte. Glücklicherweise aber verzieht sich sein Gesicht zu einem leichten Lächeln.

„Wessen Idee war denn das? Ich hoffe doch, nicht deine, Thomas, oder?

Das ist mehr als grenzwertig. Aber wenn ihr vielleicht sogar Zeugen habt für seine Drohung dir gegenüber, dann haben wir sehr gute Chancen, den Durchsuchungsbefehl endlich zu bekommen. Verdammt, das wäre endlich mal ein Durchbruch in unserem Fall."

„Ich nehme es dir mal nicht übel, dass du mir so etwas nicht zutraust, aber du hast Recht, es war Vanessas Idee."

Ich bin fast beleidigt, dass man mir so etwas nicht zutraut.

„Oh doch, ich traue dir so eine Tat sehr wohl zu. Aber du stehst schon mit mehr als einem Bein in der Suspendierung, da sollte man solche Experimente lieber lassen. Aber nun sagt schon, habt ihr Zeugen dafür? Wenn ja, sollten wir den Herrn noch eine Runde schmoren lassen, bevor wir ihn verhören. Erst sollten wir der Staatsanwaltschaft den Fall noch einmal vortragen.

Der Anruf ist schnell gemacht. Der Staatsanwalt verspricht, sich noch heute bei Martin zu melden. Da der Täter in Gewahrsam ist, geht auch dieser davon aus, dass es klappen sollte.

Martin und ich gehen in den Verhörraum, wo Christian Peters sofort anfängt zu randalieren, so dass es nicht möglich ist, ihn zu verhören. Wenige Minuten versuchen wir es, aber dann sind wir zur Sicherheit aller gezwungen, ihn mit den Handschellen zu fixieren. Mehr tragend als führend bringen wir ihn in die Zelle.

„Den müssen wir erst einmal ausnüchtern lassen. Das wird nichts mit der Befragung. Ich bin sehr gespannt auf den Promillewert. Aber wenn ich so viel intus hätte wie der, wäre ich längst im Krankenhaus."

Ich merke immer wieder, dass Martin schon lange aus dem regulären Dienst draußen ist. Für uns ist es Alltag mit so einem Alkoholisierten zusammenzuarbeiten.

„Das Ausnüchtern wird mit Sicherheit bis heute Abend dauern. Dann können wir ihn morgen früh dem Haftrichter vorführen. Bei dem Vorstrafenregister, denke ich, werden

wir kein Problem haben zu erwirken, dass er in U-Haft muss. Ich werde dazu auch nochmal den Staatsanwalt informieren. Das wird noch ein Papierkrieg werden, ehe wir gemeinsam zum Essen fahren."
Als Martin meinen Gesichtsausdruck sieht, spricht er weiter.
„Thomas, vergiss es. Du kannst dich dem nicht entziehen. Wenn meine Frau möchte, dass du zum Essen kommst, damit sie dich kennenlernen kann, dann hast du zum Essen zu kommen und meine Frau kennenzulernen. Ich möchte den Streit, den es sonst gibt, nicht erleben."
„Martin, sei mir nicht böse, aber ich habe noch nie Kontakt zu Kollegen gepflegt, nicht in meiner Freizeit. Es ist mir alles viel zu viel. Ich würde heute Abend gerne meine Ruhe haben."
Wieso ich aber um zwanzig Uhr mit am Essenstisch der Familie Mayer Heinze sitze? Ich weiß es nicht. Es wurde ein lustiger Abend. Der neue Lebensgefährte der Nachbarin ist augenscheinlich ein lustiger, aber besonnener Mann. Die Mutter ist eine brillante Köchin. Ich bin erstaunt, als ich das

erste Mal auf die Uhr blicke. Es ist vierundzwanzig Uhr.
Mit einem großen „Auf Wiedersehen" und dem Versprechen, dass ich wieder komme, verlasse ich die Runde, um nach Hause zu fahren. Morgen wird ein anstrengender Tag, für den ich fit sein möchte. Vanessa, Martin und ich entscheiden uns, dass wir uns um acht Uhr auf der Wache treffen. Dann sollte der Durchsuchungsbefehl da sein, und vielleicht ist auch Christian Peters dann schon auf dem Weg zum U-Haft-Richter.
„Das nennen wir dann freie Sonntage", scherze ich an Vanessa gewandt und versuche dem bösen Blick der Mutter zu entgehen.
Liebevoll wirft sie mich aus dem Haus und ruft mir hinterher:
„Ich würde mich freuen, wenn du uns bald wieder besuchst!"
Ich glaube sogar, sie meint es ernst.

13. Kapitel

Erfrischt wache ich auf, und auf der Fußmatte liegt nichts. Der Besuch bei Martin und Vanessa hat mir offensichtlich gutgetan. Ich bin nicht einmal in der Nacht wachgeworden. Ich nehme mir vor heute etwas zum Frühstucken beim Bäcker zu holen, so dass ich nur kurz duschen muss. Am Bergedorfer Bahnhof kaufe ich Croissants und belegte Brötchen für alle. Das erste Mal, dass ich für andere Kollegen etwas mitbringe. Ich erkenne mich immer weniger. Auf der Wache werde ich endlich wieder normal begrüßt. Niemand, der hinter meinem Rücken tuschelt oder dumme Sprüche loslässt.

„Dein Kandidat ist eben abgeholt worden. Sein Termin beim Haftrichter ist gegen halb zehn. Dann liegt in deinem Fach ein Durchsuchungsbefehl, der ist gerade erst reingekommen. Wir können euch noch zwei Kollegen abstellen. Die Spurensicherung selber kann leider nicht, was bedeutet, dass wir das übernehmen müssen. Die Kollegen von der Internen sind schon oben, und Maik

hat angerufen, dass er sich verspätet. Wenn ihr schon losmüsst, würde er zur Durchsuchung direkt kommen."
Ich bedanke mich und lasse eine der Bäckertüten unten im Glasraum für die Kollegen. Oben kommt mir aus meinem Büro ein starker Kaffeegeruch entgegen.
„Guten Morgen! Wir haben uns schon gewundert, dass du noch nicht da bist.
 War alles okay? Du hast nicht angerufen, daraus haben wir geschlossen, dass du nichts bekommen hast.
Haben wir uns geirrt?" Martin begrüßt mich, als wäre ich viel zu spät, aber mein Blick auf die Uhr sagt mir, dass es sogar fünf Minuten vor acht ist.
„Wir hatten dich so eingeschätzt, dass du eher eine halbe Stunde zu früh als später da sein wirst."
Ich bin wegen der Begrüßung nicht länger genervt. „Ich habe heute Brötchen mitgebracht. Und nein, ich habe nichts bekommen. Es scheint Funkstille zu sein. Aber wir haben ja auch den Täter, vermute ich, in Gewahrsam. Nun sollten wir uns stärken. Weiß jemand, wann genau Maik

kommt? Oder wollen wir ihn direkt zur Wohnung kommen lassen?"
„Brauchen wir ihn? Wir sind zu dritt. Zwei Kollegen von unten kommen noch mit. So groß ist die Wohnung wahrscheinlich gar nicht, dass wir da mit sechs Leuten rein müssen. Ich finde ja, dass wir schon genug Überstunden hier ansammeln, wenn wir drei das machen."
Stimmt, Martin hat Recht, ein kurzer Anruf, und Maik kann sich über einen freien Tag freuen. Frisch gestärkt und frohen Mutes, weil wir den Fall nun aufklären werden, machen wir uns auf den Weg zur Wohnung. Glücklicherweise müssen wir keinen Schlüsseldienst holen, denn der Vater von Christian Peters macht uns die Tür auf. Was wir zu sehen bekommen, schockt sogar den hartgesottensten Polizisten.
Kisten. Der ganze Flur steht voller Kisten. Aber nicht mit Kleidung oder Büchern. Nein, mit Müll. Bis unter die Decke stehen sie gestapelt da. Bierflaschen, die ihren typischen Geruch ausdünsten. Auf dem Boden liegen Essensreste. Ich bilde mir ein, dass ich sogar Kakerlaken und Ratten sehe.

Der Gestank, der uns entgegen strömt, ist unbeschreiblich eklig. Wir verlassen die Wohnung erst noch einmal, um uns Schutzkleidung anzuziehen. Glücklicherweise haben die Kollegen daran gedacht.

„Wir hätten vielleicht doch nichts essen sollen. Ich muss wirklich kämpfen, damit es nicht wieder hochkommt." Vanessa ist leichenblass. Ich hoffe nur, dass sie nicht umkippt während der Arbeit. Bei all den Kisten werden wir den ganzen Tag brauchen, um nach Leichenteilen oder Ähnlichem zu suchen.

Jeder von uns muss nach einer kurzen Zeit in der Wohnung immer wieder nach draußen gehen. Aber am Abend haben wir nichts außer Bilder vom Bruder und Zettel mit Drohungen gegen mich gefunden. Nicht mal einen Drucker oder einen Computer scheint Christian Peters zu besitzen. Wir sind uns aber alle einig, dass hier dringend der psychiatrische Dienst eingeschaltet werden muss. Er braucht genau wie sein Bruder professionelle Hilfe.

Wie er überhaupt noch auf die Toilette gehen konnte, ist uns schleierhaft. Überall ist Kot, neben Essensresten, Kartons vom Lieferservice und dreckiger Wäsche. Augenscheinlich hat der Verdächtige auf dem Sofa geschlafen – dem einzigen Ort in der ganzen Wohnung mit einer kleinen freien Ecke. Aber ich bezweifle, dass er dort hat liegen können.

Vor der Tür atmen wir alle durch. „Gut, dass wir so etwas nicht jeden Tag erleben müssen." Vanessa scheint das Bedürfnis zu haben, zu plappern. Ich aber bin genervt. Auch wenn wir nichts gefunden haben, bedeutet das nicht, dass Christian Peters unschuldig ist. Ich möchte am liebsten sofort mit dem Verhör anfangen.

„Thomas, lass uns für heute Schluss machen." Marin möchte ein wenig Ruhe in die Situation bringen. „Ich denke nicht, dass wir gerade in der Verfassung sind, Christian zu befragen. Außerdem müssten wir ihn aus der JVA holen lassen. Das Ganze würde bis spät in die Nacht gehen. Ich habe außerdem das Bedürfnis duschen zu gehen. Ich bin mir

sicher, dass trotz der Schutzkleidung überall an meinem Körper Tiere und Dreck sind."
Ich hasse es, wenn Martin Recht hat, aber es stimmt, es bringt heute nichts mehr.
Auch wenn wir Christian als Täter noch nicht überführt haben, gehe ich beruhigt nach Hause und schlafe tief und fest.

14. Kapitel

Seit drei Tagen haben wir Christian Peters nun in Gewahrsam. Jeden Tag wird er verhört, immer wieder von jemand anderem aus unserem Team. Aber gestanden hat er immer noch nicht. Ich hatte es schon mit vielen harten Nüssen zu tun, dieser aber stellt sich als besonders schwer zu knacken heraus.
Wir wissen nicht, wo wir noch ansetzen können. Auf dem Weg zur Arbeit nehme ich mir vor, das ich ihn heute stärker in die Mangel nehme. Nicht, dass ich Gewalt anwenden will. Das nicht, sondern länger und hartnäckiger immer wieder neu ansetzen.
Während ich mir darüber Gedanken mache und aus dem Haus trete, fällt mein Blick auf eine verwirrt wirkende Frau. Dadurch, dass ich fast auf dem Kiez wohne, kenne ich viele Erscheinungen. Aber diese Frau ist etwas Besonderes. Sie ist vielleicht vierzig Jahre alt. Blondes, fast wasserstoffblondes Haar. Es steht in alle Richtungen. Nicht wirklich gelockt, aber auch nicht glatt. Ihre pinke

Bluse ist auf jeden Fall ein Anblick, den man nicht so schnell vergisst. Um ihren Hals trägt sie eine Kette aus Federn und Muscheln. Aber wirklich besonders an ihrem Kleidungsstil ist die Hose, eine neongrüne Schlaghose mit eingefassten blauen Streifen, auf denen rote Sterne aufgedruckt sind. Schlagermove ist doch schon vorbei, schießt es mir durch den Kopf.

Was mich dazu aber stutzig macht, ist, dass sie die ganze Zeit über flüstert: „Hier muss er doch wohnen, ich habe es genau gesehen. Ich kann dem armen Mann doch nicht helfen, wenn ich seine Wohnung nicht finde." Ich weiß genau, ich kann die Frau nicht einfach so hier stehen lassen. „Hallo, kann ich Ihnen helfen?" Ich versuche sie anzusprechen, aber sie schaut mich nur an, als wäre ich aus Luft.

„Er muss hier wohnen, ich habe es genau gesehen. Der Mann braucht doch meine Hilfe, sonst wird er nie den Mörder finden." Sofort bin ich hellwach.

„Welchen Mörder meinen Sie denn?" Weiß die Frau vielleicht etwas? Hat sie den Täter gesehen? Auch wenn ich nicht glaube, dass die Frau zurechnungsfähig ist, möchte ich nichts unversucht lassen.

„Das muss ich den Polizisten schon selber sagen." Ja, sie meint eindeutig mich. Ich suche meinen Dienstausweis heraus.

„Hier, sehen Sie? Hier ist mein Ausweis. Kann ich Ihnen vielleicht weiterhelfen?" Verwirrt blickt sie mich an.

„Nein, ich muss die Wohnung finden. Ich will es nur ihm sagen."

„Vielleicht zeige ich Ihnen, wo ich wohne, denn vielleicht suchen Sie ja mich."

Ich habe sie anscheinend aus ihrer Verwirrtheit geholt. „Ja, stimmt! Sie suche ich. Sie haben Pakete erhalten." Toll. Jeder dritte Mensch hier hat bestimmt diese Woche Pakete erhalten. Ich hätte mich doch nicht auf sie einlassen sollen.

„Ich habe die Leichenteile vor meinen Augen gesehen. Ich weiß, der Falsche ist in Gewahrsam!" Nun spricht die verwirrte Frau mit mehr Nachdruck.

„Ich glaube, Sie sollten mit mir auf die Wache kommen, dann können Sie alles Weitere erzählen."

„Auf die Wache? Die glauben mir sowieso nicht. Die deutsche Polizei ist da ja sehr engstirnig."
Die Frau wird nicht leicht zu überzeugen sein. Ich beschließe Vanessa her zu bitten, und obwohl es mir zuwider ist, lade ich die Frau auf einen Kaffee ein. Glücklicherweise gibt es auf dem Kiez immer Läden, die aufhaben, so dass ich sie nicht in meine Wohnung bitten muss.
Nach einiger Zeit trifft Vanessa ein. Nachdem ihr Blick auf die Frau, deren Namen ich immer noch nicht kenne, gefallen ist, schaut sie mich entgeistert an. Ich kann in ihren Augen sehen, wie sie darüber nachdenkt, ob ich nun gänzlich verrückt geworden bin. Ich bin leider auch nicht in der Lage, diese Frage zu beantworten.
„Hallo, setz dich, ich habe dir schon einen extra starken Kaffee bestellt." Hoffentlich erkennt sie meinen Wink mit dem Zaunpfahl. Ich will ihr damit sagen: „Ich weiß, es ist verrückt. Aber einen Versuch ist es allemal wert."
„Ich habe leider Ihren Namen nicht mitbekommen, aber das ist meine Kollegin

Vanessa Heinze. Erzählen Sie uns doch, was genau Sie vor ihrem inneren Auge, wie sie es nannten, gesehen haben wollen."
Die Frau überlegt einige Minuten. Gerade als ich aufstehen will, um zu gehen, setzt sie zum Reden an.
„Ich war die letzten zwei Wochen auf Hawaii auf einem Kongress für Hellseher und für Menschen, die sich als Medium sehen." Dort hatte ich immer wieder etwas, was Sie Tagträume nennen würden. Aber ich bin mir sicher, dass Ihr Opfer Kontakt zu mir aufgenommen hat."
Da ich an so etwas nicht glaube, kann ich mir ein Grinsen nicht verkneifen. Vermutlich geht es Vanessa genauso. Ich suche ihren Blickkontakt, aber sie ist so vertieft ins Zuhören, dass sie mich nicht beachtet. Verträumt fragt sie.
„Wie meinen Sie das? Ich meine, das Opfer ist, wie Sie schon sagen, Opfer. Sie glauben doch hoffentlich selber nicht, dass die Person dann auf Hawaii sein konnte."
„Körperlich? Nein, das geht nicht, da haben Sie Recht. Aber ihre Seele hat jemanden gesucht, der ihr helfen kann."

„Das waren dann Sie?" Ich versuche so wenig Ungläubigkeit wie möglich in meiner Stimme mitschwingen zu lassen.

„Sie glauben mir nicht? Also, Sie haben ihren Finger geschickt bekommen. Am Anfang wussten Sie noch nicht, wer die Frau ist. Sie waren sich nicht sicher, ob es überhaupt eine Frau ist. Dann der Fuß, bei dem der Täter das Gewebe abgeschabt hatte, damit Sie eine Tätowierung nicht sehen können. Diese hätte Ihnen helfen können bei der Identifikation. Erkannt haben Sie Ihre Ex-Freundin an dem türkisfarbenen Schmetterling.

„Woher wissen Sie das alles?" Ich kann mir nur vorstellen, dass sie und Christian Peters, der immer noch für mich der Täter ist, eine Verbindung haben.

„Ich sagte Ihnen schon, Ihr Opfer hat Kontakt zu mir aufgenommen. Sie möchte, dass ich Ihnen bei der Suche nach dem Täter helfe. Heute Nacht hat sie mir erklärt, der Mann, der in Ihrem Gewahrsam ist, sei nicht der Täter. Der Täter ist nicht so dick. Er hat sich als ihr Freund ausgegeben. Sie hat ihm vollständig vertraut. Der Mann, der in Ihrem

Gewahrsam ist... Sie sagt, dem könne man nicht mal trauen, wenn er der letzte Mensch auf Erden wäre."

Da hat sie definitiv Recht. Aber es gibt sonst niemanden, der auf das Profil passen würde.

„Sie hat Ihnen nicht zufällig gesagt, wer es denn ist?"

Endlich meldet sich Vanessa zu Wort, aber was ich höre, kann ich nicht glauben.

„Ich verstehe, was Sie meinen, aber wir würden es gut finden, wenn wir zunächst einmal wüssten, wer Sie sind, und vielleicht Ihre Referenzen."

Das kann Vanessa nicht wirklich gemeint haben.

„Was halten Sie davon, wenn Sie mit auf die Wache kommen? Vielleicht irren Sie sich, was den Täter betrifft. Wir sind uns sehr sicher."

Wieso sollten wir die Irre mitnehmen? Man lacht uns doch aus, wenn wir eine Hellseherin als Beraterin einsetzen.

„Sie können gerne in Den Haag und Alkmaar anrufen, dort habe ich an mehreren Fällen mitgearbeitet. Ich kann Sie verstehen, aber Sie verlieren Zeit. Es wird Ihnen nicht

besser gehen mit der Zeit. Zu Ihrer Frage, ja, ich wäre bereit mit auf die Wache zu kommen. Mein Ticket, um Ihnen zu zeigen, dass ich auf Hawaii war, habe ich auch dabei. Immer wieder treffe ich auf Menschen, die mir nicht glauben."
Ich frage mich nur, wie sie darauf kommt.

15. Kapitel

Nachdem Vanessa Martin von der Wahrsagerin erzählt hat, die sich, wie ich nach mehrmaligem Nachfragen endlich erfahren habe, Louise nennt, aber mit richtigem Namen Andrea Hoffmann heißt, kringelt er sich halb tot vor Lachen.
„Ich habe dir gesagt, dies ist der größte Schwachsinn aller Zeiten, Vanessa. Es gibt keine Hellseherinnen. Sie muss etwas mit dem Fall zu tun haben. Wenn sie es nicht selbst war, dann hat der Täter es ihr gesagt."
Auch wenn ich eigentlich lachen möchte, versuche ich mit dem nötigen Ernst Vanessa, die sich darauf so eingeschossen hat, von der fixen Idee abzubringen, Andrea zu glauben.
„Wir können aber doch bei den Holländischen Kollegen anrufen und nachfragen. Was haben wir denn zu verlieren?" Mit einer Engelsgeduld redet Vanessa auf mich ein, aber das Einzige, was mir einfällt, ist:
„Zeit, wir verlieren Zeit, die wir mit dem wirklichen Täter verbringen könnten. Dieser

sitzt nämlich in U-Haft und heißt Christian Peters."
„Was aber ist, wenn er es nicht ist, Thomas? Wir sollten keinen Versuch unterlassen."
Martin und ich schauen uns an.
„Thomas, wenn Vanessa sich etwas in den Kopf gesetzt hat, dann wird sie sich davon nicht abbringen lassen.
Sie ist wie ihre Mutter, dickköpfig und starrsinnig. Lassen wir sie also da in Holland anrufen, auch wenn ich nicht ganz verstehe, was es uns genau bringen soll. Sie hat doch auch keine neueren Informationen, als wir auch schon so haben."
„Wenn sie wirklich eine Hellseherin ist, kommen vielleicht noch einige Eingebungen von ihr. Außerdem hat sie gesagt, dass wir nicht den Richtigen haben. Vielleicht hat Larissa ihr ja ein Bild vom Täter zukommen lassen."
„Bestimmt ein Porträtbild vom Fotografen, am besten gleich mit einem Fahndungsaufruf. Immerhin ist Larissa ja Polizistin gewesen." Ich kann es nicht lassen Vanessa mit ihren Vorstellungen auf den Arm zu nehmen.

„Hast du derzeit eine bessere Idee?" Ich bin eindeutig zu weit gegangen. Der Ton von Vanessa ist scharf.

Ich muss es verneinen. Aber ich will mir auch nicht unnötige Hoffnungen machen. „Aber wer von uns ruft denn da an? Wir müssen außerdem hoffen, dass derjenige dann auch noch entweder Deutsch oder Englisch spricht. Ich werde mich nicht zum Affen machen. Vanessa, vielleicht möchtest du den Part übernehmen."

Vanessa ist sogar schon einen Schritt weiter, wie ich feststellen muss. Sie hat schon die Nummer von der Polizeidienststelle in Alkmaar rausgesucht und versucht dort auch gleich jemanden zu erreichen. Nach einem wirren Gespräch in einer Mischung aus Deutsch und Englisch nickt Vanessa wie wild und beginnt mitzuschreiben. „Really? Ja, das ist ja toll. Ahh, that's brillant. Sie hatten durch ihre Hilfe sogar Festnahmen? Really?"

Ich frage mich ernsthaft, ob ihr Englisch so schlecht ist oder ob der andere vielleicht in Holländisch spricht und immer irgendetwas mit „lekker" oder so sagt und sie dabei an

Brillanten denken muss. Leise schimpfe ich mit mir selbst, dass ich nicht das Gespräch führe. Denn wenn ich das richtig verstehe, dann scheint sie zu glauben, dass Andrea Hoffmann tatsächlich als Hellseherin dort gearbeitet hat.

Nachdem Vanessa aufgelegt hat, lächelt sie mich triumphierend an. „Sie hat die Wahrheit gesagt, sie hat jedenfalls in Alkmaar gearbeitet. Laut den Kollegen hat sie bei zwei Fällen die ausschlaggebenden Informationen geliefert. In Den Haag hat sie sogar einen Kinderpornoring hochgehen lassen. Die Kollegen sind so begeistert, dass sie uns nur anraten mit ihr zusammenzuarbeiten."

„Bist du dir sicher, Vanessa? Nicht, dass sie es ironisch meinten. Ich meine, wie gut sprichst du Niederländisch oder Englisch?"

„Thomas, du musst ihr ja nicht glauben, ich tue es aber. Ich werde mich nochmal in Ruhe mit ihr zusammensetzen."

Ich habe nie gedacht, dass ich meinen Kollegen Maik irgendwann einmal so sehr herbeiwünsche. Er wäre nie auf die Idee gekommen so einen Quark zu glauben. Aber

mir bleibt nichts anderes übrig, als mit ihr gemeinsam diesen Weg einzuschlagen.
„Können wir nicht vielleicht Maik wieder dazu holen? Auch wenn wir Christian Peters nun in Gewahrsam haben, könnte er ja vielleicht noch mitarbeiten."
Leider wurde er, gleich nachdem wir Christian verhaftet hatten, von dem Fall abgezogen. Ein Blick in Vanessas und Martins Gesichter lässt mich verstummen. Gegen die beiden komme ich nicht an.
Wir einigen uns darauf, dass ich dieses Mal nicht beim Verhör dabei sein werde. Wir alle vermuten, dass meine Abneigung gegen die Frau zu großen Einfluss darauf hat.
Um die Zeit zu überbrücken, rufe ich bei der Flugsicherheit der Fluggesellschaft an, um abzuklären, ob Andrea Hoffmann wirklich geflogen ist. Leider bestätigt mir die Gesellschaft das Einchecken. Sie war also definitiv nicht im Lande, als ich die Leichenteile bekommen habe. Ich nehme mir fest vor, dass ich mit Vanessa oder Martin zu Christian Peters Familie fahre. Vielleicht kennen sie die Frau ja.

Eine Stunde später kommen Martin und Vanessa wieder rein.

„Also, wenn sie keinen Kontakt zum Täter hatte, ist es wirklich faszinierend." Martin beginnt nun auch an den Humbug zu glauben. „Sie erzählt uns das genaue Aussehen der Körperteile, dann wieder Dinge, die in unseren Akten nicht stehen. Wie, dass du mit Larissa in einer Beziehung warst. Sie kann uns einen Raum beschreiben. Aber leider nicht, wo genau sich der Raum befindet, nur, dass das Haus blau ist.
Der Raum soll dunkel sein, entweder hat er keine Fenster, oder sie sind abgedunkelt. Sie hat Gläser in verschiedenen Größen gesehen, mit einer Flüssigkeit und den Körperteilen darin. Der Täter hat sie alle feinsäuberlich abgetrennt und dann in ein Konservierungsmittel eingelegt."
Martins Stimme hört sich fasziniert an.
„Sie muss irgendwie an die Informationen gekommen sein. Ich würde gerne mit einem Bild von ihr zu Christians Eltern fahren. Vielleicht haben sie sie ja schon einmal gesehen. Ich glaube nicht an solchen Humbug getreu dem Motto ‚mir ist da was

erschienen'. Ein Drogentest wäre vielleicht auch noch ganz angebracht." Ich bin so sauer, dass ich mich in Rage spreche.

„Du hast doch nachgefragt, ob sie wirklich im Flugzeug war. Also, woher soll sie es denn dann wissen? Die Kollegen aus Alkmaar haben es uns doch auch bestätigt. Was möchtest du denn noch alles haben?" Vanessas Stimme hört sich an, als würde sie mit einem Kleinkind reden.

„Beweise. Wo genau ist dieser Raum? Wer ist der Täter? Solange ich keine Beweise habe, werde ich ihr kein Wort glauben."

Mit diesen Worten beginne ich meine Jacke anzuziehen.

„Ich finde, das ist eine gute Idee. Versucht da nochmal was in Erfahrung zu bringen. Wichtig wäre auch zu fragen, ob sie sich einen Ort vorstellen können, wo Christian noch ein Zimmer hat. Ich werde den Papierkram erledigen, und dann geht es für mich nach Hause, ich habe noch einen Arzttermin."

Damit schneidet Martin Vanessa auch gleich die Worte ab. Aber sie fügt sich still. Ich gehe davon aus, dass ihr gesunder

Menschenverstand ihr sagt, wie wichtig dieser Schritt ist.

Bei den Eltern machen wir uns dann doch ein wenig Sorgen, wie sie es wohl aufgenommen haben, dass wir ihren Sohn mit einem solchen Aufgebot festgenommen und danach auch noch eine Hausdurchsuchung durchgeführt haben. Wir werden aber positiv überrascht. Die Mutter scheint sogar zufrieden.

„Ach, wissen Sie, Herr Eickhoff, wir mussten jeden Tag damit rechnen, dass unser Sohn die Tür eintritt. Oder wie oft kam es in der Nacht zu Schlägereien vor unserer Haustür? Wir sind Ihnen dankbar für die ruhigen Nächte, die wir jetzt erstmal haben."

Na gut, so kann man das auch sehen. Aber wir versuchen schnell zum eigentlichen Thema zu kommen. Ich hole das Bild von Andrea raus.

„Kennen Sie vielleicht die Dame? Hat ihr Sohn jemals Kontakt mit ihr gehabt?"

Sie schüttelt den Kopf. Auch ihr Mann, der einen Blick darauf wirft, muss es verneinen.

„Nein, tut mir leid, ich habe die Frau noch nie gesehen, und bei dem Aussehen, glaube

ich, wüssten wir es. Auch habe ich nie von den Nachbarn gehört, dass eine so auffällig gekleidete Dame hier lang gekommen ist. Wissen Sie, wir wohnen mit sehr wissbegierigen Menschen in dieser Siedlung. Jeder kennt jeden, und jeder weiß vom anderen, wann er auf Klo war oder wer wann Besuch bekommen hat. Aus diesem Grund suchen wir auch eine andere Immobilie, nur konnten wir bis jetzt dieses Haus mit unserem Sohn als Mieter nicht verkaufen. Wir können Ihnen leider nicht weiterhelfen."
Ich hätte wetten können, dass Andrea Hoffmann mit unserem Verdächtigen Kontakt hatte.
„Sagen Sie, in welchen Kneipen hat sich Ihr Sohn aufgehalten? Wissen Sie das zufällig?"
Vielleicht hat Andrea Hoffmann ihn ja nie hier getroffen. Wenn man an seine Wohnung denkt, würde mich das auch sehr wundern.
Ja, im Einbecker hier an der Möllner Landstraße war er immer gerne. Aber ansonsten wissen wir das nicht, er hat ja in vielen auch Hausverbot bekommen."

Das ist doch schon mal ein Anfang. Vielleicht kommen wir da weiter mit unserer Recherche.
Der Wirt begrüßt uns recht freundlich. Als wir auf Christian Peters zu sprechen kommen, beginnt er gleich mit einer langen Geschichte, dass der Christian bei ihm ja noch so viele Schulden hätte. Der Deckel sei ja ewig lang.
Wir lassen ihn kurz sein Herz ausschütten, ehe wir ihm das Bild von Andrea zeigen. Aber auch er kennt sie nicht, dabei sei Christian doch jeden Abend hier. Er könne sich gar nicht vorstellen, dass, wenn Christian eine Frau kannte, diese kein einziges Mal hier im Laden gewesen sei. Er kam meistens ja schon mittags, und abends ging er so betrunken aus der Kneipe raus, dass er nicht glaubt, dass Christian noch anderswo hingegangen sein könnte.
Vor der Tür stellt sich Vanessa triumphierend vor mich.
„Siehst du, ich habe es dir doch gesagt, sie ist eine Hellseherin."

„Klar, wenn sie die Lampe anmacht, dann ist sie auch eine Hellseherin. So aber ist sie für mich noch immer eine Mitverdächtige."
Als Antwort bekomme ich ein Schweigen, welches glücklicherweise von einem Anruf unterbrochen wird.
„Nach Wismar? Jetzt? Ist genehmigt? Ein Brief? Ja, machen wir. Grüße mir dann bitte Mama und erkläre ihr, wieso ich heute Abend nicht nach Hause komme zum Essen."
Verwirrt blicke ich sie an.
„Die Kollegen aus Wismar haben angerufen. Sie haben einen Brief erhalten. Der eindeutig zu unserem Fall gehört. Sie haben ihn zwar geöffnet, aber Martin hatte keine weiteren Details. Es wird uns angeboten, dass wir den Brief haben und auf Spuren untersuchen können. Vielleicht haben wir ja Glück. Das wird also noch eine lange Nacht."
Ein Blick auf die Uhr zeigt mir, wie recht sie hat. Es ist schon achtzehn Uhr. Bis wir da sind, wird es halb acht sein. Ich schätze, gegen zweiundzwanzig Uhr werden wir dann bei der Spurensicherung sein. Und da wird auch erst morgen weitergearbeitet. Was

wirklich schade ist. Vielleicht hätten wir dann mehr Informationen. Schweigend machen wir uns auf den Weg. Vanessa scheint es mir immer noch nicht verziehen zu haben, dass ich nicht an die Hellseherei glaube.
„Glaubst du wirklich an Hellseher?" Ich möchte gerne wissen, wie es dazu kommt. Sie ist so eine intelligente Frau, und dann glaubt sie an Ammenmärchen?
„Fragen wir doch mal anders. Kannst du mir das Gegenteil beweisen?"
Natürlich nicht. Wie soll ich etwas widerlegen, was es nicht gibt?
„Ich denke, es ist mit der Zahnfee vergleichbar. Es gibt sie nicht, auch wenn wir den Kindern immer erzählen, dass sie den ersten Zahn holt.
„Wir werden da wohl nicht auf einen Nenner kommen. Ich glaube daran, du nicht. Wir werden am Ende sehen, wer Recht hat."
Nach diesen Worten schweigen wir uns wieder an. Da ich die Stille aber belastend finde, versuche ich es mit einem Themawechsel.

„Was kann das für ein Brief sein? Meinst du, dass der Täter den Kollegen irgendwas sagen will?"

Ich weiß es nicht wirklich, ich hoffe eher, dass der Täter damit endlich einen Fehler begonnen hat. Was mir nur Sorgen macht, ist, dass Christian Peters den Brief nicht abgeschickt haben kann. Er ist mittlerweile drei Tage in unserem Gewahrsam. Ein Brief braucht in der Regel aber nicht so lange.

„Vielleicht hat er ja einem seiner Kneipenkumpels diesen Brief gegeben. Dieser hat ihn dann in den Briefkasten geworfen, nachdem Christian festgenommen wurde."

„Das kann sein, aber ich bin mir immer noch nicht sicher. Wenn der Wirt recht hat, dann war er doch immer besoffen. Wann will er denn Larissa kennengelernt haben? Dann frage ich mich, hatte sie wirklich so einen schlechten Männergeschmack? Wenn aber nicht Christian ihr Freund war, wo ist dieser jetzt? Würden ihn nicht langsam auch seine Freunde vermissen? Immerhin wollten sie vor zwei Tagen wieder da sein. Alle Hamburger Wachen wissen Bescheid,

Vermisstenanzeigen für Männer ausnahmsweise vor der Achtundvierzig-Stunden-Frist anzunehmen. Bis jetzt ist da aber Totenstille."

In Wismar bekommen wir den Brief direkt in einer Tüte. „Darin ist ein Nachruf. Wir wissen aber, dass die Eltern sich ja an die Vereinbarung halten den Tod noch nicht bekannt zu geben. Aufgemacht ist es ein wenig wie eine Todesanzeige. Aber interessanterweise stehen Eure Namen darunter."

Die Fingerabdrücke von dem Kollegen, der den Brief aufgemacht hat, und vom Postboten haben sie schon geholt, so dass die schon ausgeschlossen werden können. Leider haben sie aber noch keine Ausschlüsse gemacht. Die Polizei in Wismar ist komplett überfordert. Ihre Ausrüstung hinkt der von der Hamburger Polizei hinterher.

Im Auto setze ich wieder zum Reden an. „Wenn Christian Peters es nicht sein sollte, frage ich mich ernsthaft, woher der Täter dann unsere Namen wissen will."

Mild lächelnd sieht Vanessa mich an.

„Das ist zwar recht logisch, aber auch einfach gedacht, Thomas. Wie soll denn Christian Peters das in Auftrag gegeben haben? Er hat unsere Namen auch erst nach der Verhaftung erfahren. Er könnte zwar durch seine Eltern deinen und meinen Namen erfahren haben, aber doch nicht den von Martin.

„Komisch. Auch dass Maiks Name da nicht draufsteht. Aber du hast Recht."

„Dass Maik nicht dabeisteht, kann sein, weil er ja immer nur als Springer im Team war."

Stimmt, da hat sie Recht.

Nachdem wir den Umschlag bei der Spurensicherung abgegeben haben, verabschieden wir uns. Der Tag war so lang, dass wir nur noch den Drang haben ins Bett zu fallen.

16. Kapitel

Wieso klingelt der Wecker schon jetzt? Aufstehen muss ich doch erst um zehn! Als ich versuche den Wecker auszustellen, bemerke ich, dass das Geräusch gar nicht von ihm kommt, sondern von meiner Tür. Irgendjemand klingelt Sturm.
Mein Blick auf den Wecker lässt mich wütend werden. Acht Uhr morgens. Damit Frau Ebert nicht wieder einen Grund zum Meckern hat, stehe ich auf, um die Tür zu öffnen. Das erste Mal verfluche ich es, dass es mir verboten ist, meine Waffe mit nach Hause zu nehmen. Wer weiß, wer da vor der Tür steht. Um diese Uhrzeit will ich auch nicht gerade Vanessa oder Martin wecken. Ein Blick durch den Türspion zeigt mir, dass es Andrea Hoffmann ist.
„Sind sie verrückt? Um diese Uhrzeit? Jeder vernünftige Mensch schläft", fauche ich die Frau an, noch während ich die Tür aufreiße.
„Es tut mir leid, aber ich glaube, ich habe nun das Wissen darüber, wo die Leichenteile sind. Ich habe das Haus ganz genau gesehen heute Nacht. Sie führt mich dahin."

„Ich weiß, dass meine Kollegin an diesen Müll glaubt, aber ich nicht. Nur, dass wir uns da verstehen. Ich weiß noch nicht, wie, aber ich bin mir sicher, dass Sie in der Geschichte irgendwie mitten drin sind. Ich weiß auch nicht, was Sie hier vorhaben."
„Wie kommen sie darauf? Ich helfe regelmäßig der Polizei. Nur weil Sie nicht an meine Fähigkeiten glauben, heißt das noch lange nicht, dass ich sie nicht doch habe."
„Aber Sie können es mir auch nicht übelnehmen, dass ich Ihnen nicht glaube."
„Wenn Sie nicht möchten, dass die ganze Hausgemeinschaft über Sie redet, sollten Sie mich reinlassen." Ihr Blick schweift dabei zur Nachbarwohnung. Mit Sicherheit steht Frau Ebert wieder dahinter und horcht.
Widerwillig lasse ich sie in meine Wohnung.
„Dann erzählen Sie mir doch mal, was Sie jetzt genau wollen."
Ich habe das Haus gesehen, in dem die Leichenteile aufbewahrt werden. Leider hat Larissa mir nicht genau gesagt, wo es ist. Aber es sieht so aus, als wäre es in den Vier- und Marschlanden."
„Woran machen Sie das denn fest?"

„Ich habe Blumen gesehen, wunderschöne Felder, an denen Larissa vorbeigefahren ist. Und Gewächshäuser mit Tomaten. Erst dachte ich ja, es ist das alte Land, aber sie meinte, nein. Da sie Hamburg nicht verlassen hat, bin ich mir sicher, dass es die Vierlande sein müssen. Das Haus ist von außen blau, es wirkt auf den ersten Blick verfallen."
Auch wenn ich ihr nicht glaube, versuche ich ihr unvoreingenommen zuzuhören.
„Was macht Sie so sicher, dass Larissa Hamburg nie verlassen hat? Hat Ihnen Larissa etwas zu ihrem Freund gesagt?"
„Nein, welcher Freund?"
„Wissen Sie was, Frau Hoffmann, wir sollten gemeinsam auf die Wache fahren. Dort würde ich Ihre Aussage aufnehmen."
Ich will die Frau nur noch loswerden. Ein Anruf bei Vanessa, und sie verspricht mir, sich auch direkt auf den Weg zur Wache zu machen.
Nachdem ich die Frau schon in meiner Wohnung hatte, muss ich sie nun auch noch mit meinem Auto mitnehmen. Viel schlimmer kann der Tag doch gar nicht mehr

werden, denke ich mir. Aber ich irre mich.
Auf der Wache werde ich mit anzüglichem
Grinsen und frechen Sprüchen begrüßt.
Die glauben doch nicht ernsthaft, dass ich
mit einer Frau wie Andrea auch nur im
Entferntesten etwas anfangen würde!
Knurrig frage ich den Diensthabenden:
„Ist der Verhörraum frei?"
Sein Blick spricht Bände, und ich würde ihm
am liebsten an die Kehle gehen.
„Na, klar ist der frei, derzeit habe ich das
Gefühl, dass ihr so oder so die Einzigen seid,
die ihn nutzen."
Was für ein Idiot!
Als wären wir die Einzigen, die hier arbeiten.
„Sag bitte Vanessa Bescheid, dass ich dort
auf sie warte.
Ich werde schon mal beginnen. Vielleicht
bekommen wir neuere Informationen."
In Wirklichkeit will ich nur schon einmal mit
dem Verhör beginnen, damit Vanessa sich,
was die Hellseherei angeht, nicht noch
gestärkt fühlt und Andrea vielleicht einredet,
dass sie eine gute Hilfe für uns ist.
„Ich bin also wieder im Verhörraum. Gehen
Sie mit Zeugen immer so um?"

„Seien Sie mir nicht böse, aber im Gegensatz zu meiner Kollegin denke ich nicht, dass Sie eine Zeugin sind. Meines Erachtens haben Sie Kontakt zum Täter. Ich möchte also gerne wissen, wer er ist."
Sie lächelt mich bei diesen Worten mitleidig an.
„Es ist so schade, dass Sie nicht daran glauben. Dabei ist es sogar eine Wissenschaft. Auf der Konferenz auf Hawaii haben wir gerade darüber lange Gespräche geführt."
Genervt unterbreche ich sie.
„Das ist ja schön und gut, aber nun sagen Sie mir doch endlich, wo genau glauben Sie denn, dass die Leiche ist? Gestern hatten Sie uns doch nur gesagt, dass Sie einen Raum gesehen haben, aber mehr wussten Sie auch noch nicht.
„Also, Larissa ist mit mir einen Weg gefahren. Leider konnte ich keine Straßenschilder erkennen. Aber es ist ein blaues Haus, etwas abgesenkt von der Straße. Diese ist recht hoch im Gegensatz zum Grundstück. Man kann gerade noch das

Dach und die obersten Fenster sehen. Mehr aber nicht."

„Wie sah denn die Straße aus? Breit, nicht so breit? Gab es andere markante Häuser? Sie sprachen vorhin von Gewächshäusern." Mit den wenigen Angaben kann kein Mensch wirklich etwas anfangen.

„Wenn Sie mich aussprechen ließen, dann könnte ich Ihnen auch mehr sagen."

Auch ihre Stimmung wird immer gereizter.

„Wollen Sie einen Kaffee? Vielleicht sollten wir doch auf meine Kollegin warten. Es sollte nicht mehr sehr lange dauern, bis sie da ist."

Ein Blick auf die Uhr sagt mir, dass Vanessa eigentlich schon längst da sein müsste. Ich finde sie in der Kaffeeküche, wo sie sich mit Maik unterhält. Leicht genervt, weil sie mich so lange mit Andrea allein gelassen hat, fauche ich sie an: „Wann gedachtest du denn, auch ins Verhör zu kommen? Du bist doch diejenige, die der Frau Glauben schenkt."

Zur Antwort bekomme ich ein entschuldigendes Lächeln.

„Ich wollte dir nur einen Kaffee mitbringen. Ich habe gesehen, dass deine Tasse noch da ist. Wollen wir Andrea Hoffmann auch was mitbringen?"

„Besser ist das. Sie ist von mir genervt, und ich von ihr." Ein wenig versonnener treten wir gemeinsam den Weg zum Verhörraum an.

„Ich hoffe, du bekommst mehr raus. Mir erzählt sie etwas, wie dass sie mit Larissa den Weg gefahren ist und dass das Haus womöglich in den Vierlanden steht."

„Schau mal, damit können wir doch schon richtig was anfangen. So viele blaue Häuser wird es doch dort nicht geben."

Mich erschüttert es, dass sie der Frau so viel Vertrauen entgegenbringt. Im Verhörraum lächelt Vanessa Andrea Hoffmann sofort an.

„Sie haben wieder eine Eingebung gehabt?"

„Eine Kontaktaufnahme, würde ich es eher nennen. Aber ja, Sie haben Recht. Ich habe schon alles Ihrem Kollegen gesagt, mehr kann ich auch nicht machen. Sie können es entweder annehmen, oder Sie lassen es. Es gibt bestimmt technische Möglichkeiten, meine Aussage zu bestätigen. Sie können diesen Weg einschlagen oder nicht. Das überlasse ich Ihnen. Wenn Sie meine Hilfe nicht möchten, ist das okay. Auch wenn ich mir wünschte, Sie wären offener für meine spirituelle Kraft, kann ich niemanden zwingen."

Sie spricht die Worte mit einer solchen Überzeugung aus, dass ich fast gewillt bin, ihr Glauben zu schenken.

„Frau Hoffmann, wir werden Ihre Aussage natürlich überprüfen. Sie müssen aber auch verstehen, wir hören fast jeden Tag haarsträubende Aussagen. Dass aber jemand mit dem Opfer, mit dem *toten* Opfer, in Kontakt steht, ja, das ist wirklich etwas Besonderes. Sollten Sie noch mehr Informationen haben, bitte melden Sie sich hier auf der Dienstwache. Wir werden uns auf alle Fälle darum kümmern."

Wenigstens macht Vanessa ihr klar, dass ich nicht privat gestört werden möchte. Trotz alledem nehme ich mir vor mich nach diesem Fall auf Wohnungssuche zu machen. Mein Zuhause ist kein sicherer Ort mehr. Ohne ein Wort der Verabschiedung gehe ich in mein Büro, um mich an den PC zu setzen. Die Spurensicherung wird sich frühestens mittags melden.

Ich rufe also Google Earth auf. Die Beschreibung deutet auf eine Deichstraße hin. Wahllos beginne ich diese abzusuchen. Die Informationen von gestern und heute ergeben für mich ein heruntergekommenes Haus, das blau gestrichen ist.

Zwei Stunden später habe ich insgesamt drei gefunden. Zwei davon in Neuengamme und eines in Ochsenwerder. Dass sie von einem geschlängelten Weg, welcher zwar zweispurig ist, aber so eng, dass an einigen Stellen keine zwei Autos nebeneinander passen, gesprochen hat, würde eher für das Haus in Ochsenwerder sprechen.

Ich bin mir hundertprozentig sicher, dass die Frau keine Ahnung hat, wo die Leichenteile von Larissa aufbewahrt werden. Außerdem möchte ich mich nicht lächerlich machen. Aber neugierig bin ich ja irgendwie schon.

„Ich gehe in die Mittagspause. Werde so in einer Stunde wieder da sein."

Wie von einem Band gezogen, zieht es mich doch zu dem Haus.

„Wollen wir gemeinsam was essen gehen? Ehe wir uns an das Schreiben der Berichte machen?" Vanessa schaut mich hoffnungsvoll an. Es tut mir leid, aber ich will ihr keinen Grund zur Schadenfreude geben. Nicht, dass sie denkt, ich glaube Andrea Hoffmann wirklich.

„Ach, ich wollte einmal kurz zum Fahrradladen, ich brauche ein Ersatzteil. Daneben ist ein Imbiss, wo ich mir schnell eine Currywurst reinschieben werde." Da ich weiß, dass Vanessa immer versucht sich so gesund wie nur möglich zu ernähren, wird ihr mein Essensvorschlag zuwider sein. „Wir können uns ja in einer Stunde wieder hier treffen, um den Rest zu machen."

Mit diesen Worten, ohne eine Antwort abzuwarten, verlasse ich den Raum und fahre schnell los.

Langsam fahre ich die Deichstraße runter und sehe mich nach dem Haus um. Nach einer Weile entdecke ich es. Von draußen sieht es schon ein wenig schaurig aus. Gelbe alte Gardinen, das Reet schon halb abgedeckt. Ich stelle mein Auto oben an der Straße ab und suche einen Weg zum Haus hinunter. Das Einzige, was ich entdecke, ist ein kleiner Trampelpfad. Nach einem kurzen Kampf mit mir selbst nehme ich wider besseres Wissen den Weg und gehe in den verwilderten Garten hinunter. Es sieht auf den ersten Blick so aus, als wäre seit Jahren niemand mehr hier gewesen. Aber wenn ich genau hinsehe, sehe ich, dass Spuren im Gras sind. Sie sind vielleicht einige Tage alt, da die ersten Halme sich schon wieder aufrichten. Von der Neugier getrieben, versuche ich durch die Fenster zu schauen. Aber ich kann nichts erkennen. Auf der Rückseite vom Haus sind die Fenster sogar mit einer Pappe verklebt.

Was genau mich treibt, weiß ich nicht, aber ich gehe nach vorne und schaue nach, ob die Tür offen ist. Vorsichtig rüttele ich daran. Ich werde nicht enttäuscht, sie springt auf. Mit pochendem Herzen öffne ich sie und betrete das Haus. Ein beißender Geruch schlägt mir entgegen. Überall ist es dunkel, nur wenig Licht fällt durch die Fenster. Zur Sicherheit ziehe ich mir meine Handschuhe an. Je weiter ich reingehe, umso stärker wird der Geruch. In mir steigt Übelkeit auf. Im hintersten Raum muss selbst ich als hartgesottener Polizist schlucken. Er passt genau auf die Beschreibung von Andrea

Hoffmann. Auf den Regalen an der Wand stehen Glasbehälter in den verschiedensten Größen und Formen. Aus einem schaut mich ein Auge an. Ich empfinde den Blick als mahnend. Ich weiß, dass ich hier allein nicht weiterkomme, also nehme ich mein Handy zur Hand, um Vanessa anzurufen.

Aber die Verbindung baut sich nicht auf. Ich verfluche mich dafür, dass ich allein losgegangen bin. Etwas, was man schon in der ersten Stunde lernt: Man begibt sich niemals allein in eine mögliche Gefahrenzone. Aber nicht nur das, ich bin auch noch ohne mein Funkgerät losgegangen. Gerade als ich mich umdrehen will, um zu meinem Wagen zu gehen, spüre ich einen Schlag am Hinterkopf. Alles um mich herum wird in Schwarz getaucht, und ich bekomme nur noch den Aufprall auf dem Boden mit.

17. Kapitel

Als ich wieder zu mir komme, spüre ich, dass ich auf einem Tisch festgebunden bin. Über mir hängt eine Lampe, wie ich sie aus Operationsräumen kenne, und blendet mich.
„Endlich bist du wieder wach." Ich kann nicht sehen, wer mit mir spricht, aber die Stimme kommt mir sehr vertraut vor.
„Endlich wirst du leiden, so, wie ich all die Jahre leiden musste."
Es schießt mir durch den Kopf, aber ich will nicht glauben, was ich höre.
„Maik? Mach mich los, das ist doch nur ein schlechter Scherz, oder? Hast du den Täter gefasst?"
Ein Lachen, wie ich es noch nie zuvor gehört habe, jagt mir einen Schauer über den Rücken.
„Du bist wirklich so doof, wie du aussiehst, oder? All die Jahre hast du die Beförderungen bekommen. Ich bin älter als du, aber du stehst rangmäßig über mir. Glaubst du wirklich, dass ich das durchgehen lassen kann?"

Die Stimme von Maik ist kaum wiederzuerkennen. Es ist mir nie aufgefallen, in all den Jahren unserer gemeinsamen Arbeit, wie viel es ihm ausmachte, dass ich der verantwortliche Polizist im Team war. Aber ich habe auch Tage und Nächte auf der Wache verbracht, während er Dienst nach Vorschrift tätigte.
„Maik, komm, lass den Scheiß, das glaubt dir doch eh keiner. Der Scherz war echt gut. Nun lass mich runter und wir vergessen es. Wir haben einen Fall aufzulösen."
„Du hast keine Ahnung. Du bist doch der Supercop hier. Normalerweise hätte man dich sofort suspendieren müssen. Aber nein, der Herr Eickhoff bekommt eine Sonderbehandlung. Ihr habt null Ahnung! Ich musste sogar noch eine Hellseherin auf euch ansetzen. Aber die ist auch so ein Blödchen. Ein wenig mit den Augen klimpern, und sie macht, was ich möchte. Genauso wie deine tolle Ex-Freundin. Sie glaubte mir wirklich, dass ich in sie verliebt wäre. Nach gerade mal zwei Wochen hat sie mir aus der Hand gefressen. Nach Bali,

welcher Polizist kann sich das schon leisten?
Aber mir spielte es zu."
Jedes seiner Worte sprüht nur so von Hass.
„Maik, Vanessa und Martin wissen genau,
wo ich bin. Du wirst mit dieser Tat nicht
durchkommen. Noch ist es nur ein Mord,
nicht auch noch Freiheitsberaubung an mir.
Mach es nicht schlimmer!"
„Du bist wirklich so blöd. Ich weiß genau,
dass Vanessa denkt, du bist im Fahrradladen.
Keiner kennt dieses Haus außer dir. Ich hätte
auch nicht gedacht, dass du so schnell darauf
kommst. Aber Andrea hat ihre
Hausaufgaben gemacht und dir gut erklärt,
wie es hier aussieht."
„Ich wusste doch, dass sie keine Hellseherin
ist." Auch wenn es mir nicht mehr hilft, habe
ich wenigstens in dieser Sache Recht gehabt.
„Doch, das ist sie. Ich habe sie auf einer
Schulung kennengelernt. Nur ist sie auch
wunderbar zu manipulieren. Es hat nur ein
ferngesteuertes Abspielgerät gebraucht. Sie
ist so vorhersehbar." Sein Kichern deutet
darauf hin, dass er sich über sein eigenes
Wortspiel bestens amüsiert.

„Sie geht jeden Tag zur gleichen Zeit ins Bett. Kurz nachdem sie eingeschlafen ist, habe ich die Texte abspielen lassen. Also hat sie wirklich geglaubt, Larissa hätte Kontakt zu ihr aufgenommen. Als würden diese schönen Teile mit ihr Kontakt aufnehmen können." Mit diesen Worten höre ich, wie er sich im Raum bewegt. Ein leichtes Knirschen deutet darauf hin, dass er eins der Gläser aus dem Regal genommen hat.

„Aber wieso, Maik? Wir haben uns immer gut verstanden. Ich verstehe diese Tat nicht. Es kann doch nicht daran liegen, dass ich im Rang über dir stand. Da müsstest du doch vielen anderen Kollegen das Gleiche antun." Ich versuche Zeit zu schinden, um einen Fluchtweg zu erarbeiten. Aber Maiks Fesseln sind fest. Selbst die Beine hat er an zwei Punkten fixiert. Ich fühle mich wie ein Hähnchen am Drehspieß.

„Du hast das nie mitbekommen, nicht wahr? So überheblich, wie du bist... Alle Frauen haben immer dir hinterher gestarrt. Einige sind zwar mit mir ausgegangen, aber dann haben sie mich nach dir ausgefragt. Die Kollegen haben immer dich nach Rat gefragt.

Der Super-Thomas, er weiß alles, er kann alles. Ich hasse es so sehr. Wenn du endlich weg bist, dann ist meine Zeit gekommen. Es ist schon herrlich, zu sehen, wie sich die Kollegen in den letzten Tagen von dir abgewendet haben. Hinter deinem Rücken über dich getuschelt haben. Ich wurde bedauert, mit einem vermeintlichen Mörder zusammenzuarbeiten."

„Ja, nicht mal einen Mord hat man dir zugemutet, nicht wahr?"

„Ich denke nicht, dass du in der Lage bist, mich zu provozieren."

„Wieso? Hast du Angst, dass ich immer noch besser bin als du, obwohl ich gefesselt bin? Du musst schon ein wirklich kleiner Wurm sein." Ich bin über mich selbst entsetzt. Aber meine Hoffnung ist, dass er einen Fehler macht, wenn er wütend ist.

„Du glaubst doch nicht, dass du mich mit deinen Beschimpfungen aus der Fassung bringen kannst? Ich habe auch alle Verhörtechniken durchgenommen. Außerdem genieße ich den Anblick, wie du hilflos daliegst, viel zu sehr. Wie fandest du es eigentlich, den türkisenen Schmetterling

wiederzusehen? Ich hörte ja, dass dies ein besonderes Symbol in eurer Beziehung war."
„Ach, ist doch nichts Besonderes. Glaubst du wirklich, dass die Frau mir so viel bedeutet hat? Da hättest du andere Frauen aussuchen müssen." Ich versuche meiner Stimme Festigkeit zu geben. Natürlich hat sie mir viel bedeutet. Aber ich will nicht, dass Maik das jetzt hört.
„Du bist ein schlechter Lügner.
Du hast in all den Jahren nie eine Frau erwähnt. Nur das eine Mal Larissa. Du hast es so beiläufig erzählt, aber ich weiß ganz genau, dass sie dir viel bedeutet hat. Selbst über Vanessa, mit der du ja schon ein enges Verhältnis hast, redest du mit anderen nicht."
Ich versuche gehässig zu lachen. „Vanessa? Die ist doch noch so grün hinter den Ohren. Meinst du wirklich, dass ich mit einem Kind was anfangen würde? Sie hat den Job doch nur wegen ihres Vaters bekommen. Ich stehe nicht auf solche Frauen. Vielleicht ist sie ja eher was für dich."
Es heißt zwar immer wieder, in jedem Wort würde ein Funken Wahrheit liegen, aber ich

hoffe, ich kann Maik von Vanessa fernhalten."

„Mach dir keine Sorgen. Wenn ich mit dir fertig bin, werde ich meine normale Arbeit wiederaufnehmen.
Ich werde deine Position übernehmen. Endlich werde ich frei sein."

„Auch dich werden sie bekommen. Gerade du wirst nicht in der Lage sein, den perfekten Mord zu begehen. Sie werden dich bekommen. Dann wirst du wieder ein Nichts sein. Zwar ein Nichts, über das alle reden, aber ein Nichts ist ein Nichts, daran ändert sich nichts."

„Ich bin kein Nichts!" Es klirrt. Maik scheint ein Glas runtergefallen zu sein.

„Das ist deine Schuld, nun ist ihr Auge runtergefallen. Dafür wirst du büßen. Ich wollte dir ja ersparen, dass du es mitbekommst. Genau wie Larissa, solltest du eine Spritze erhalten, damit deine Atmung aussetzt und du nur kurz leiden musst. Aber durch deine Art hast du es verwirkt. Ich werde es langsam tun und genießen. Wir fangen mit dem Auge an."

„Vielleicht solltest du erstmal deine Trophäe, die du schon hast, wieder einsammeln. So ein Auge kann ja bestimmt weit rollen."
Ich möchte nur noch Zeit schinden. Auch wenn es nicht komplett aufgehalten werden kann. Ich hoffe immer noch auf einen Fehler von ihm.
„Ich weiß genau, was du denkst, aber du kannst mich nicht aufhalten.
Das Auge wird nicht wegrollen. Ich würde dich gerne fragen: Willst du es lieber mit einem Löffel oder dieses Mal vielleicht mit dem Skalpell? Bei Larissa ist das Auge so wunderschön langsam rausgeflutscht. Die Augenhöhle habe ich vorher mit Wasser aufgeschwemmt, damit es ein flutschendes Geräusch machen kann. Es ist so ein tolles Gefühl zu sehen, wie es dann an den Nerven und Muskeln hängt. Mir fiel es richtig schwer, es abzutrennen. Aber jetzt, da es in meinem Glas liegt, sind alle Muskelstränge und auch der Sehnerv fein säuberlich entfernt. Wie ein jungfräuliches Auge, das noch nichts Schlechtes gesehen hat, so liegt es vor mir.

„Du meinst, als hätte es dich noch nicht gesehen. Aber wer will das denn schon?"
Mit diesen Worten spüre ich einen stechenden Schmerz in meinem linken Arm. Nur mit Mühe kann ich einen Aufschrei unterdrücken.
„Wenn du meinst, mich provozieren zu müssen, denke daran – ich bin am längeren Hebel."
„Du meinst wohl, du kannst dich nur an Schwächeren vergehen. Wären wir auf Augenhöhe, dann wärst du still und würdest geduckt durch die Gegend laufen. Das nennst du Überlegenheit? Ich nenne es Schwäche. Ein ganz schwaches Wesen bist du."
Ich kann es nicht lassen, ihn zu provozieren, aber ich bereue es sofort. Irgendeine Flüssigkeit brennt sich durch meine Hose. Sie beginnt meine Haut wegzuätzen. Ich kann einen Schmerzlaut nicht mehr unterbinden.
„Wenn du so weitermachst, wirst du nur schlimmer leiden. Diese Säure, die ich dir über dein Bein gegossen habe, kann ich

neutralisieren, aber dafür musst du dich entschuldigen."

„Bevor ich das mache, musst du meinen ganzen Körper mit dieser Flüssigkeit bespritzen. Aber du wirst nie eine Entschuldigung hören.

Ich wüsste nicht mal, wofür. Ich kann nichts dafür, dass du so bist, wie du bist."

Sofort bereue ich meine Worte, denn er kippt mir einen großen Schwung von der Säure über mein anderes Bein. Ich spüre, wie die Flüssigkeit sich durch meine Hose frisst und die Haut auflöst.

Die Hose leitet die Säure weiter hoch, und ich befürchte, dass sie bald meine Genitalien erreicht.

„Ich glaube, mit dem Auge warte ich noch einen Moment. Es ist zu schön, in deine Augen zu blicken und die Angst zu sehen."

Ich frage mich, wie er das machen möchte. Wenn ich es richtig deute, steht er am Ende des Tisches.

„Du fragst dich, wie ich es sehen kann, richtig? Du siehst ja auch die Kamera nicht, die ich auf dein Gesicht gerichtet habe. Ein wunderschönes Andenken an diesen Moment."

Gerade als Maik etwas greift, was für mich trotz des Lichtes wie ein Kanister aussieht, höre ich das Splittern einer Tür. Was dann geschieht, läuft wie ein Film ab. Zwei Kollegen in Vollvermummung reißen Maik zu Boden. Das Licht über mir wird ausgeschaltet, und ich sehe Martin, der fluchend über mir steht. Es wird nach einem Notarzt gerufen.

„Ich weiß, ich habe Scheiße gebaut."

„Ja, und wärst du nicht schon verletzt, würde ich dich schütteln. Mensch, Junge, wie kannst du mit deiner Erfahrung so einen Mist bauen?"

Mit dem Blick in sein grimmiges Gesicht entgleite ich in eine mir wohlgesonnene Dunkelheit. Erst im Krankenhaus wache ich wieder auf. Vanessa und Martin stehen an meinem Bett und lächeln, als sie sehen, wie ich meine Augen öffne.

„Ihr seid doch nur da, damit ihr mir gleich die gerechtfertigte Standpauke halten könnt." Ich versuche zu witzeln, aber als ich meine raue Stimme höre, bin ich verwirrt.

„Da hast du Recht, mein Sohn. Jemandem, der sich beim SEK beworben hat, traue ich Gehirn zu. Du kannst so froh sein, dass Maik einen Fehler gemacht hat."

„Hat er?" Krächzend versuche ich mich zu verständigen.

„Ja. Du erinnerst dich, dass er einen Brief nach Wismar geschickt hat? Er hat zwar einen selbstklebenden Briefumschlag genommen, aber er hat die Briefmarke mit seinem Speichel angeleckt. Aufgrund der Tatsache, dass man ihm vor zehn Jahren mal sexuellen Missbrauch im Dienst vorgeworfen hat, war seine DNA in der Datenbank gespeichert. Dann hast du auch noch deinen PC offen gelassen, wo du nach den Häusern gesucht hattest. Wir haben zu jedem Haus eine Einheit geschickt. Glücklicherweise wurdest du noch rechtzeitig gefunden.

„Woran wurde ich operiert?" Ich kann mich natürlich noch an alles erinnern. Dass Maik mich mit Säure begossen hat, und auch an einen Stich. Aber was von beidem eine Operation nötig machte, ist mir nicht klar.

„An deinem rechten Bein musste eine kleinere Stelle der Haut abgeschabt werden,

und an einer anderen Stelle brauchtest du auch noch eine Hauttransplantation."
Vanessa lächelt mich leicht verkrampft an. „Dann hat er dir mit etwas in den Arm gestochen. Die Wunde musste gereinigt werden. Aber Genaueres wird dir der Arzt erzählen. Ich kann dir nur sagen, dass uns versichert wurde, dass du demnächst wieder die Wache unsicher machen kannst. Und bis dahin wirst du dich gefälligst mit den Einsatzregeln beschäftigen. Sei froh, dass es schon ein Fall der Internen war, sonst würde ich dich höchstpersönlich in die Mangel nehmen."
Auch wenn Vanessa versucht, besonders streng zu klingen, höre ich aus jedem Wort ihre Erleichterung heraus. Bevor ich noch etwas erwidern kann, kommt eine Krankenschwester herein, die Martin und Vanessa aus dem Zimmer wirft. Nachdem ich ein Schmerzmittel gespritzt bekommen habe, schlafe ich wieder ein.

Nachwort

Mit einem komischen Gefühl komme ich drei Monate später wieder auf die Wache. Nicht nur, dass eine lange Zeit vergangen ist. Bis auf Vanessa und Martin habe ich seitdem keinen Kollegen getroffen. Es fühlt sich für mich falsch an, als ich den Vorraum betrete. Bürger, die Informationen holen oder Anzeige erstatten wollen, stehen vor dem Tresen oder sitzen auf den Stühlen an der Wand.
Alle Kollegen lächeln mich an, einige im Wachraum applaudieren mir sogar zu meiner Wiederkehr. Ich hole meine Nachrichten aus der Kiste und gehe schweigend nach oben. Im Aufenthaltsraum stehen fast alle Kollegen. *Jetzt oder nie*, schießt es mir durch den Kopf.
Nach einigen Sekunden herrscht endlich Stille.
„Liebe Kollegen, ich danke euch für den herzlichen Empfang, den ich eigentlich gar nicht verdient habe. Wie es sich bestimmt herumgesprochen hat, sind meine

Verletzungen nur auf meine eigene Dummheit zurückzuführen.
Ich möchte aber noch etwas bekanntgeben. Ich werde die Abteilung verlassen. Ende des nächsten Monats bin ich leider nicht mehr dabei. Die ganzen Jahre habe ich sehr gerne mit euch gearbeitet. Wenn mir aber der letzte Fall etwas gezeigt hat, dann, dass ich nicht der Typ für Teamarbeit in dieser Form bin."
Ich schweige, denn die nächsten Worte sind endgültig. Wenn ich diesen Weg gehe, gibt es für mich keinen mehr zurück.
„Ach, komm, Eickhoff, erzähl uns, du gehst jetzt zum SEK."
Ein anderer lacht. „Quatsch! Er ist mit Sicherheit in die Behörde aufgestiegen."
„Jungs, nun lasst mich doch aussprechen! Es ist weder das SEK, noch die Behörde. Ich werde diese Art der Polizeiarbeit komplett aufgeben. Heute ist mein letzter Arbeitstag, und ab Montag werde ich an Fortbildungen teilnehmen, um dann zu den Sonderkommissionen zu wechseln. Dieser Fall, den wir glücklicherweise am Ende doch noch gut recherchiert und gelöst haben, hat mir gezeigt, wie wichtig es ist, dass wir auch

gute Berater haben. Ich hoffe, wir werden uns das eine oder andere Mal wiedersehen."
Stille. Der Raum ist komplett in Stille gehüllt, die ich nutze, um rauszugehen. In meinem Büro beginne ich leise, alle Gegenstände, die mir gehören, einzupacken.
„Es ist die richtige Entscheidung. Es wäre schade, wenn wir dich ganz verlieren. Aber all deine Erfahrungen können uns nur helfen."
Still umarmt mich Vanessa und küsst mich. Wie in den letzten Wochen, gibt sie mir Kraft zum Weitermachen.

ENDE.